W0314389

Galaktika
Auf nicht ALL-täglicher Mission

Joachim Friedrich, Jahrgang 1953, promovierte in Volkswirtschaftslehre und ist Professor für Betriebswirtschaft. Er arbeitete für die Lufthansa, andere Dienstleistungsunternehmen und war als Berater in vielen Ländern tätig. Heute lebt er mit seiner Familie in Bottrop.

Weitere Titel von Joachim Friedrich:

*Vier wie wir – retten die Schule*

*Vier wie wir – Die rasenden Schulschnecken*

*4 1/2 Freunde*

*4 1/2 Freunde und das Juckpulver-Komplott*

*4 1/2 Freunde und der Dieb mit dem Dackelblick*

*4 1/2 Freunde und der Panther im Pausenhof*

*4 1/2 Freunde und der Rächer der Salami*

*4 1/2 Freunde und der Schatz im Schulklo*

*4 1/2 Freunde und der rätselhafte Lehrerschwund*

*Die furchtlosen zwei von Bahnsteig drei*

*Die furchtlosen zwei – Keilerei auf Bahnsteig drei*

Mehr über unsere Bücher, Autoren und Illustratoren auf:
www.planet-verlag.de

Joachim Friedrich

# Galaktika

## Auf nicht-ALLtäglicher Mission

PLANET!

# Ein Hund namens Salami

Während Salami schmatzend die Reste meines Pausenbrotes verschlang, tätschelte ich seinen Kopf und hob meinen Blick. Da sah ich sie wieder! Die Frau war mir gestern schon aufgefallen. Eigentlich war es nicht ungewöhnlich, andere Leute hier am Waldrand oder auf der angrenzenden Wiese zu sehen. Sie schien uns jedoch zu beobachten. Jedenfalls sah sie mit starrem Blick in unsere Richtung. Vielleicht täuschte ich mich aber auch und sie fiel mir nur wegen ihrer Erscheinung auf. Die Dame war offensichtlich schon älter. Ihre lockigen, schneeweißen Haare standen wie Korkenzieher von ihrem Kopf ab. Allerdings trug sie Klamotten, die eigentlich nicht zu einer älteren Frau passten: langer Ledermantel, Sweatshirt und eine enge Jeans in hohen, schwarzen Stiefeln.

Ich blickte zu Salami, der immer noch mit seinem Frühstück beschäftigt war. »Siehst du die Frau dahinten? Beobachtet die uns?«

Salami antwortete nicht. Wie sollte er auch? Schließlich können Hunde nicht sprechen.

Salami ist ein großer Mischlingsrüde, der offensichtlich zu niemandem gehört. Seinen Namen hat er unserer ersten Begegnung auf dieser Wiese zu verdanken. Die Wiese liegt neben einem kleinen Wald und war schon lange mein Lieblingsplatz. An einem besonders schönen Tag in diesem Frühjahr hatte ich mich dort in die Sonne gelegt und war eingeschlafen. Dann wurde ich plötzlich durch genüssliches Schnaufen und Schmatzen geweckt. Ich schreckte auf und entdeckte den großen zotteligen Hund, der sich gerade über meine restlichen Pausenbrote hermachte. Vor Schreck schrie ich auf, was wiederum den Streuner erschreckte und er daraufhin mit drei Sprüngen im Wald verschwand. Als ich meine Brote näher untersuchte, stellte ich fest, dass er ausschließlich die Salami gefuttert hatte, mit der sie belegt gewesen waren. Bei der letzten Scheibe hatte ich ihn wohl gestört, denn sie lag unberührt neben dem zerfledderten Brotbeutel. Ich entdeckte den Wursträuber, der halb neugierig, halb ängstlich hinter einem Baum hervorlugte, hob die Salamischeibe hoch und rief ihm zu: »He! Was ist damit? Hast du die übersehen?«

Nach kurzem Zögern kam er aus seiner Deckung, um sich vorsichtig mir, oder besser der Salami, zu nähern, die er schließlich mit einem dankbaren Grunzen verschlang. In diesem Augenblick wurden wir Freunde. Seither komme ich jeden Tag auf dem Weg von der Schule zurück ins Heim hierher und versorge ich ihn mit dem, was von meinen Pausenbroten übrig ist.

Als Salami den letzten Bissen vertilgt hatte, hatte sich die Frau immer noch nicht bewegt und blickte weiter starr in unsere Richtung.

Ich stand auf und machte einen Schritt auf sie zu. »Kann ich Ihnen irgendwie helfen?«

Statt einer Antwort drehte sie sich einfach um und lief zurück in das kleine Waldstück.

»Warten Sie! Wer sind Sie?«, rief ich ihr noch einmal nach.

Hätte ich das nicht getan, sondern mich einfach wieder neben Salami ins Gras gesetzt, wäre vielleicht alles anders gekommen. Zumindest wäre Salami bei mir geblieben. So aber hatte er mein Rufen offensichtlich als Aufforderung verstanden, die Frau für mich einzuholen. Bevor ich reagieren konnte, sprang er laut bellend in den Wald hinein.

Ich brauchte einen Augenblick, bis ich begriff, was vor sich ging, dann rannte ich Salami hinterher.

Das Waldstück war höchstens zweihundert Meter breit. Gleich dahinter begann ein Wohngebiet mit verwinkelten

Straßen und Einfamilienhäusern. Ich hatte den Wald erst zur Hälfte durchquert, da nahm ich plötzlich ein Motorengeräusch wahr, dann ein Quietschen, einen Aufprall und das Aufjaulen eines Hundes, das meinen Magen vor Schreck in einen Eisklumpen verwandelte. Ich stolperte und landete mit meinen Knien auf einer Baumwurzel. Doch das spürte ich kaum, sondern sprang gleich wieder auf und rannte schreiend weiter. »Salami!«

Noch bevor ich das Waldstück durchquert hatte, war wieder das Geräusch eines Motors zu hören. Doch dieses Mal entfernte es sich schnell. Noch immer Salamis Namen rufend stolperte ich aus dem Wald auf die Straße – und da sah ich ihn. Blut konnte ich nicht entdecken, sein Körper lag jedoch seltsam verdreht auf dem Asphalt. Seine Augen waren geschlossen, aber er lebte noch. Als ich mich neben ihn kniete und mit zitternden Händen über sein Fell strich, gab er ein leises Wimmern von sich.

»Salami«, flüsterte ich. »Was ist passiert?«

Die Frage war natürlich völlig idiotisch, denn schließlich wusste ich, was passiert war. Ein Auto hatte ihn angefahren und dessen Fahrer hatte sich feige aus dem Staub gemacht!

»Was soll ich bloß tun?«, fragte ich mich selbst.

»Ich fürchte, er ist schwer verletzt, aber möglicherweise können wir ihm helfen«, sagte jemand hinter mir.

Ich fuhr herum. Es war die weißhaarige Frau!

»Sie!«, brüllte ich sie an. »Sie sind an allem schuld!«

Auch das stimmte nicht, aber ich musste jemanden anschreien, sonst würde ich garantiert zu heulen anfangen.

»Die Schuld solltest du bei dem Autofahrer suchen«, erwiderte sie ruhig. »Und bei dir selbst.«

»Bei mir?!«

»Allerdings. Hunde gehören an die Leine, damit so etwas nicht passieren kann.«

Von einem Augenblick auf den anderen verwandelte sich meine Wut in ein schlechtes Gewissen. »Ich habe gar keine Leine«, gab ich kleinlaut zu.

Nun erst betrachtete ich die Frau mir gegenüber genauer. Die weißen Haare täuschten nicht. Sie war tatsächlich schon älter. Und sie war groß, sehr groß sogar. Außerdem war sie fast ebenso dünn wie ich. Ihr Ledermantel schlotterte um ihre Glieder, und obwohl ich nicht gerade winzig bin, musste ich meinen Kopf in den Nacken legen, um in ihr Gesicht sehen zu können.

Plötzlich zuckte ich zusammen. »Haben Sie gerade gesagt, Sie können ihm helfen?«

»Möglicherweise können wir das«, gab sie zurück.

»Wir?«, fragte ich sie. »Wen meinen Sie?«

Statt einer Antwort bückte sie sich und hob Salami hoch. Sie war offensichtlich nicht nur groß, sondern auch ziemlich stark. Trotz ihrer Vorsicht gab mein Freund wieder ein leises Winseln von sich.

Ich konnte meine Tränen kaum noch zurückhalten. »Wo bringen Sie ihn hin? In eine Tierklinik?«

»So ähnlich«, antwortete die Frau und lief mit Salami auf ihrem Arm los.

»Wo finde ich Sie denn?«, rief ich ihnen nach.

Ich wollte ihr schon hinterherlaufen, da hörte ich plötzlich eine Stimme in meinem Kopf. Ich konnte sie nicht genau verstehen, aber es war, als wollte sie mich beruhigen.

Schon als kleiner Junge hatte ich immer wieder das Gefühl gehabt, als gäbe es jemanden in meinem Kopf, der mit mir redete. Doch das hatte schon lange aufgehört. Warum fing es ausgerechnet jetzt wieder an? Als ich mich von diesem Gedanken losriss und aufsah, waren die Frau und Salami verschwunden.

Ich weiß nicht, wie lange es noch gedauert hat, bis ich es endlich schaffte, zurück zum Heim zu gehen.

»Hallo, Tom! Was machst du denn für ein Gesicht?«, begrüßte mich Ecki, kaum hatte ich den Eingangsbereich unseres Heims betreten.

Ecki ist unser Heimleiter. Eigentlich heißt er Matthias Eckhard. Allerdings besteht er darauf, dass wir ihn duzen und Ecki nennen. Er ist einer der Gründe, warum es mir nichts ausmacht, in diesem Heim zu wohnen. Dass ich bisher nichts anderes kennengelernt habe, ist ein weiterer Grund. Vor elf Jahren wurde ich in einer dieser Schubladen eines Krankenhauses gefunden. Dort legen Leute ihre Babys ab, weil sie sie nicht haben wollen oder sie sich nicht um sie kümmern können. Mittlerweile mache ich mir keine Gedanken mehr darüber, warum meine Eltern mich loswerden wollten oder mussten. Als kleiner Junge war ich davon überzeugt, dass sie mich wegen meines kleinen Geburtsfehlers nicht haben wollten und ich deshalb auch nicht adoptiert wurde. Ich habe nämlich an jedem Fuß nur vier statt fünf Zehen. Mittlerweile ist das aber kein Problem mehr für mich.

Ecki ist in Ordnung und auch mit den anderen Bewohnern und Angestellten habe ich keinen Stress. Also finde ich es völlig o.k., hier wohnen zu bleiben, bis ich mir eine eigene Wohnung nehmen kann.

»Hast du heute nicht eine Mathearbeit geschrieben?«, fragte Ecki weiter, als ich nicht antwortete.

Ich wich seinem Blick aus. »Die Mathearbeit war okay. Aber ...«

»Aber?«

Ich holte tief Luft und schüttelte dann den Kopf. »Ach nichts.«

Der Heimleiter legte seinen Arm freundschaftlich um meine Schulter. »Du weißt, dass du immer zu mir kommen kannst.«

»Ja, klar. Danke.« Damit schob ich mich an ihm vorbei und ging in mein Zimmer. Dort ließ ich mich auf mein Bett fallen und zog die Bettdecke hoch bis über meinen Kopf.

Der Rest des Tages lief wie ein Film an mir vorbei und in der Nacht schlief ich sehr schlecht. Die Bilder des Nachmittags rotierten wie eine Endlosschleife in meinem Kopf. Je länger ich grübelte, desto sicherer war ich, dass es ein Fehler gewesen war, dieser rätselhaften, ja fast schon unheimlichen Fremden Salami zu überlassen. Aber was hätte ich sonst tun können?

Auch der nächste Tag begann so trostlos, wie der letzte aufgehört hatte. Fast hätte ich angefangen zu heulen, als ich gerade ein paar Scheiben Wurst in meiner Schultasche verschwinden lassen wollte und mir einfiel, dass ich meinen Freund an diesem Tag nicht besuchen konnte. Wo war er nur? Und wie ging es ihm? In der Schule bekam ich kaum etwas mit. Ich hätte noch nicht einmal sagen können, worüber unsere Lehrer gesprochen hatten.

Ich spürte mein Herz schneller schlagen, als ich, im Heim angekommen, ohne Umwege zu Eckis Büro lief. Wie immer stand die Tür weit offen.

»Hat jemand für mich angerufen?«, fragte ich, ohne mich mit einer Begrüßung aufzuhalten.

Ecki sah von einem Stapel Papiere auf. »Nee. Wieso?«

»War dann vielleicht jemand hier und hat nach mir gefragt?«

Ecki schüttelte den Kopf. »Erwartest du denn jemanden?«

»Vielleicht.«

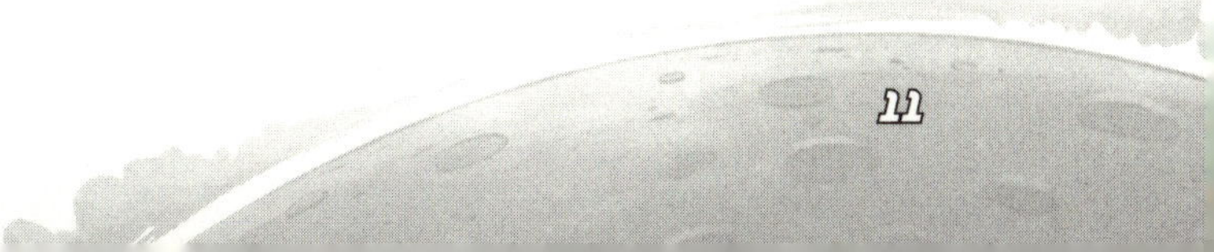

Ohne eine Reaktion unseres Heimleiters abzuwarten, drehte ich mich um und rannte zu meinem Zimmer. Nun war ich mir sicher: Es *ist* ein Fehler gewesen, Salami bei dieser Frau zu lassen. Ein großer Fehler!

»Ein Fehler!«, brüllte ich meine Zimmerwand an und ließ mich wieder auf mein Bett fallen.

Lautes Donnern schreckte mich aus dem Schlaf. Mit noch halb geschlossenen Augen erkannte ich, dass es nicht donnerte, sondern an meine Tür klopfte. Der Lautstärke nach zu urteilen, musste ich tief geschlafen haben.

»Jaa! Herein!«, brachte ich krächzend heraus.

Die Tür öffnete sich und Ecki steckte seinen Kopf ins Zimmer. »Du wolltest doch wissen, ob sich jemand nach dir erkundigt hat.«

Mit einem Schlag war ich hellwach. »Hat jemand angerufen?«

»Nein, aber es ist jemand gekommen, der sich nach dir erkundigt hat. Genauer gesagt eine Dame. Sie wartet in meinem Büro auf dich.«

So schnell war ich noch nie raus aus meinem Bett. »Hat sie weiße Haare?«

»Woher weißt du das?

»Was ist mit Salami?«, rief ich lauter, als ich eigentlich beabsichtigt hatte.

Ecki legte den Kopf schief. »Alles in Ordnung mit dir, Tom? Bist du überhaupt schon wach? Warum sollte eine weißhaarige Dame in meinem Büro mit mir über Wurst reden wollen?«

Ich war wohl tatsächlich noch nicht richtig wach. Ecki wusste ja nichts von meinem Salami. Auch wenn ich Ecki sehr mochte, Salami wollte ich ganz für mich allein haben. Deshalb hatte ich niemandem von ihm erzählt – bis jetzt.

»Was wollte sie denn?«, fragte ich dann ruhiger.

Ecki seufzte. »Das sollten wir nicht hier, sondern bei mir besprechen.« Er zögerte, bevor er weitersprach: »Dafür solltest du aber hellwach sein. Vielleicht wäschst du dir kurz das Gesicht und kommst dann nach.«

Ich spürte meinen Herzschlag bis in den Hals. »Worum geht es denn?«, fragte ich noch einmal, war mir aber nicht sicher, ob ich die Antwort hören wollte.

Doch Ecki schüttelte nur den Kopf. »Wie gesagt, in meinem Büro.«

Ich befolgte Eckis Rat und schlug mir ein paar Hände voll kaltem Wasser ins Gesicht, bevor ich mich mit immer noch klopfendem Herzen auf den Weg zum Büro machte. Ich holte tief Luft, bevor ich eintrat.

Und tatsächlich! Da saß sie, kerzengerade auf einem Stuhl vor dem Schreibtisch unseres Heimleiters. Ihren Mantel hatte die weißhaarige Dame neben die Tür an einen Haken gehängt. Es würde wohl ein längeres Gespräch werden.

Ecki zeigte auf den freien Stuhl neben der Frau. »Setz dich bitte, Tom.« Dass er dabei lächelte, beruhigte mich wieder ein wenig.

»Was ist mit Salami?«, flüsterte ich der Frau zu.

Sie lächelte mich an. »Es geht ihm gut.«

Mir fiel mindestens eine Tonne Steine vom Herzen. »Dann war es doch nicht so schlimm?«

»Was hast du denn immer mit Salami?«, rief Ecki dazwischen.

»Es geht um einen Hund«, antwortete die Frau ruhig.

Eckis Unterkiefer klappte herunter und ich hätte fast über seinen Gesichtsausdruck gelacht, konnte mich aber gerade noch beherrschen.

»Hund?«, fragte er dann ungläubig. »Ich denke, wir wollten über Tom reden?«

Das Lachen verging mir mit einem Schlag. »Über *mich* wollen wir reden? Wieso das denn?«

Ecki ließ einen Seufzer hören. »Bitte beruhig dich, Tom.«

Ich lehnte mich mit verschränkten Armen im Stuhl zurück.

Der Heimleiter schloss für einen Augenblick die Augen, bevor er sagte: »Lieber Tom, darf ich dir deine Großmutter vorstellen?«

# Oma Paloma

Nun war es mein Unterkiefer, der herunterklappte, und wahrscheinlich schaute ich noch blöder aus der Wäsche als zuvor Ecki.

»Großmutter?«, brachte ich irgendwie heraus. »Soll das heißen, sie ist …«

»Die Mutter deiner Mutter«, ergänzte der Heimleiter.

Das konnte nicht wahr sein! Auf keinen Fall konnte das wahr sein!

»Das glaube ich nicht!«, rief ich, wobei ich vermied, die Frau anzusehen. »Ich bin elf Jahre alt! Warum kommt sie erst jetzt? Wo war sie denn die ganze Zeit, wenn sie angeblich meine Großmutter ist?«

»Ich war längere Zeit im – Ausland und habe erst vor Kurzem von dir erfahren. Und zunächst wollte ich mich versichern, dass du tatsächlich mein Enkel bist«, sagte nun die angebliche Großmutter mit ihrer ruhigen und für eine Frau sehr tiefen Stimme.

Ich verschränkte meine Arme vor der Brust. »Haben Sie mich deshalb beobachtet?«

Über ihr Gesicht huschte ein Lächeln. »Ich war neugierig, wollte mich hier aber erst melden, wenn ich ganz sicher bin.«

»Und das sind Sie jetzt?«

»Die Unterlagen, die Frau – äh.« Ecki sah auf einen Zettel auf seinem Schreibtisch. »Frau ... Birnumidomalia vorgelegt hat, sind alle in Ordnung. Sie beweisen, dass sie deine Großmutter ist.«

»Birnu... So heißen Sie?«

»Nicht nur ich«, antwortete die Frau für Ecki. »Es ist auch der Name deiner Mutter – und deiner.«

»Der stammt aber nicht von hier«, erwiderte ich.

Wieder lächelte die Frau. »Nein, der Ursprung unserer Familie liegt – weiter entfernt.«

Ich war immer noch misstrauisch. »Diese Unterlagen könnten doch gefälscht sein, oder?«

Bevor Ecki darauf antworten konnte, schaltete sich Frau Birnumidomalia wieder ein. »Ich glaube, ich kann dir eindeutig beweisen, dass wir verwandt sind.« Sie bückte sich und zog den Stiefel von ihrem Fuß.

»Was machen Sie denn da?«, rief Ecki, der offensichtlich nicht begriff, was das sollte.

Ich kapierte es dafür sofort, obwohl ich es gleichzeitig nicht glauben konnte. Sie hatte doch nicht etwa auch …?

Ecki hatte sich von seinem Stuhl erhoben, beugte sich über seinen Schreibtisch und starrte mit aufgerissenen Augen auf Frau Birnumidomalias strumpflosen Fuß.

»Das glaube ich nicht …«, brachte er kaum hörbar hervor.

Wie gebannt starrte auch ich auf den Fuß der Frau und brachte schließlich heraus: »Nur vier Zehen. Genau wie bei mir.«

»Es ist ein genetischer Defekt, der sich in unserer Familie weitervererbt«, erklärte die Frau, die also offensichtlich tatsächlich meine Großmutter war.

»Verstehe«, meinte Ecki nur und ließ sich zurück auf seinen Schreibtischstuhl fallen.

Eines kapierte ich aber immer noch nicht: »Und meine Mutter und mein Vater? Warum kommen die nicht?«

»Das erkläre ich dir in aller Ruhe, wenn wir zu Hause sind«, antwortete Frau Birnumidomalia wie selbstverständlich.

»Zu Hause? Wo soll das denn sein? Hier bin ich …«

»Frau Birnumidomalia will dich für eine gewisse Zeit zu sich nehmen, Tom«, erklärte Ecki, der sich offensichtlich vom Anblick der vier Zehen erholt hatte.

»Damit du selbst entscheiden kannst, ob du bei mir bleiben willst«, ergänzte Frau Birnumidomalia.

»Und was ist mit der Schule?«, fragte ich.

»Darum kümmere ich mich. Ich werde mit dem Schuldirektor reden«, antwortete Ecki. »Du bist ein guter Schüler und ein paar Fehltage sind sicher kein Problem.«

»Wieso denn nur ein paar Tage?«

»Wenn es dir bei deiner ... Oma gefällt, dann meldet sie dich an der Schule an ihrem Wohnort an.«

»Und wenn es mir nicht gefällt?«, fragte ich trotzig.

»Dann kannst du jederzeit hierher zurückkommen. Ich habe nichts dagegen, wenn du für einige Zeit bei deiner Großmutter bleibst, aber die Entscheidung überlasse ich selbstverständlich dir.«

Meine Gedanken kreisten, überschlugen sich und purzelten wild durcheinander. Es war so unwahrscheinlich, dass tatsächlich meine *Oma* neben mir saß. Aber ihr Fuß! Das konnte kein Zufall sein – oder doch?

Jemand tippte auf meine Schulter.

Ich fuhr herum und sah direkt in die Augen der Frau. »Glaub mir, ich bin deine Großmutter«, sagte sie dann leise.

Da war es wieder! Das Gemurmel in meinem Kopf! Ich verstand es wieder nicht, aber augenblicklich beruhigten sich meine Gedanken und alles war auf einmal klar. Sie *war* meine Großmutter, meine Oma. Es gab nicht den geringsten Zweifel. Und wenn man mich mit dem Kinderfernsehprogramm am Sonntagmorgen gefoltert hätte, ich hätte nicht sagen können, warum ich es plötzlich wusste. Aber ich wusste es.

»Und?«, fragte Ecki. »Was sagst du?«

Zum ersten Mal betrachtete ich meine Großmutter genauer. Sie lächelte mich an und schien in Ordnung zu sein. Und wenn nicht, konnte ich ja immer noch zurück.

Ich räusperte mich und sagte dann mit möglichst fester Stimme: »Also gut. Aber wenn ...«

»Dann kannst du jederzeit wiederkommen. Versprochen.«

Meine Sachen waren schnell gepackt, und nachdem ich Ecki noch einmal versichert hatte, was für ein cooler Heimleiter er ist, und dass ich mich bei ihm immer sehr wohlgefühlt habe, machten wir uns auf den Weg.

»Und Salami geht es wirklich gut?«, fragte ich, kaum waren wir unterwegs.

Meine Großmutter nickte.

»Kann ich ihn sehen?«

Wieder nickte sie. »Später.«

»Und Sie lügen mich auch nicht an?«

Sie blieb stehen und sah zu mir herunter. »Siezen Enkel hier auf der Erde ihre Großeltern?«

»Hier auf der Erde?«, fragte ich verwirrt zurück.

Meine Großmutter schüttelte unwillig den Kopf. »Ach, nur so eine Redensart. Also duze mich bitte.«

»Und wie soll ich – dich nennen?«

»Paloma.«

»Ich könnte dich auch Oma nennen«, schlug ich vor. »Oma Paloma!«

Kaum hatte ich das ausgesprochen, schwebte augenblicklich ihr ausgestreckter Zeigefinger vor meinem Gesicht. »Untersteh dich, Tom! Nenn mich nicht Oma! Niemals! Und *Oma Paloma* erst recht nicht! Das hört sich ja wie eine Parfümsorte für Altersheimbewohner an!«

»Und wie heißt meine Mutter und wo ist sie jetzt?«, fragte ich, als wir weitergingen. »Und warum hat sie mich überhaupt zur Adoption freigegeben?«

»Das erkläre ich dir alles, wenn wir zu Hause sind.«

»Kannst du mir denn wenigstens sagen, was und wo dieses Zuhause ist?«

Wieder blieb sie stehen und sah sich um, als suchte sie etwas. Dann sagte sie: »Wir sind gleich da.«

Erst jetzt wurde mir bewusst, wo wir waren. »Hier hat doch Salami seinen Unfall gehabt!«

Meine Großmutter nickte. »Und hier war ich so unvorsichtig, mich von dir entdecken zu lassen«, murmelte sie und etwas lauter fügte sie hinzu: »Wir müssen nur noch durch das Wäldchen. Beeile dich bitte. Wir haben schon genug Zeit verloren.«

»Aber hinter dem Wäldchen ist nur die Wiese!«, rief ich. »Keine Häuser!«

Wieder nickte Paloma. »Stimmt.« Damit lief sie mit langen Schritten auf das Wäldchen zu, durch das ich Salami vor sei-

nem Unfall verfolgt hatte. Kurz darauf lag vor uns die Wiese und sonst war da – nichts.

Ich sah die Frau an, bei der ich mir nun nicht mehr so sicher war, ob es sich wirklich um meine Großmutter handelte. »Was soll das?«

Statt einer Antwort hielt sie mich am Arm fest. »Bleib bitte hier stehen. Du musst jetzt …«

»Gar nichts muss ich!«, rief ich, befreite mich aus ihrem Griff und rannte los.

»Nein! Nicht! Bleib stehen!«, hörte ich Paloma hinter mir fast panisch aufschreien.

In dem Augenblick traf mich etwas am Kopf. Vor meinen Augen flimmerten Sterne, dann wurde es dunkel.

Als es wieder heller wurde, hörte ich eine leise Stimme. »Tom? Tom! Meine Güte, Junge! Warum hörst du denn nicht auf mich?«

Ich öffnete meine Augen und wurde von einem gleißenden Licht geblendet. Ich drehte meinen Kopf zur Seite, was dazu führte, dass jemand mit einem Hammer von innen gegen meine Stirn klopfte.

»Was ist passiert? Wo bin ich?«, brachte ich, halb stöhnend, halb krächzend, heraus.

»Du bist mit dem Kopf gegen den Schild geprallt und hast das Bewusstsein verloren«, sagte die Stimme.

Vorsichtig öffnete ich die Augen wieder und sah in Palomas

Gesicht. Zwischen ihren Augen hatte sich eine tiefe Falte gebildet. Sie schien tatsächlich besorgt um mich zu sein.

»Schild? Was für ein Schild?« Trotz meiner derzeitigen Verwirrung stellte ich erleichtert fest, dass der Typ in meinem Kopf zwar immer noch gegen meine Stirn hämmerte, sich aber für einen kleineren Hammer entschieden hatte.

»Ich hatte das Shuttle mit einem Schild gesichert. Dadurch war es auch getarnt. Das war der Grund, warum du es nicht sehen konntest und mit dem Kopf dagegengeprallt bist.«

Ich fragte mich, ob das Hämmern in meinem Kopf schuld daran war, dass ich kein Wort verstand und nur ein »Häh?« herausbrachte.

»Das Shuttle nutzen wir für Erkundungsflüge. Das Schiff ist dafür viel zu groß.«

Mit einem Schlag wurde mir klar, dass meine angebliche Großmutter sich noch heftiger den Kopf gestoßen haben musste als ich. Anders war es nicht zu erklären, dass sie so einen Quatsch erzählte.

»Erkundungsflüge? Seit wann können Schiffe fliegen? Die schwimmen auf dem Wasser.«

Paloma nickte mit ernstem Gesicht. »Das stimmt. Es sei denn ...«

»Es sei denn?«, fragte ich nach.

»Es sei denn, es handelt sich um Raumschiffe.«

# Mal schnell zum Mars

Mit einem Ruck setzte ich mich auf. Das führte dazu, dass der Typ in meinem Schädel zu einem Vorschlaghammer griff. Stöhnend und mit beiden Händen am Kopf ließ ich mich wieder zurücksinken.

»Du musst noch vorsichtig sein und solltest dich nicht so ruckartig bewegen. Das Medikit sagt zwar, dass du keine Gehirnerschütterung hast, aber die Kopfschmerzen werden dir wohl noch eine Weile erhalten bleiben«, redete Paloma auf mich in einem Ton ein, der beruhigend wirken sollte.

»Ich soll vorsichtig sein?«, rief ich lauter, als ich wollte. »Dann hör du auf, so einen Quatsch zu erzählen!«

Palomas Gesichtsausdruck blieb unverändert ernst. »Das ist kein Quatsch, Tom. Ganz im Gegenteil. Sieh dich doch um.«

Wieder richtete ich mich auf, dieses Mal allerdings vorsichtiger. Soweit es das Hämmern in meinem Kopf zuließ, wandte ich den Kopf und betrachtete meine Umgebung. Augenblicklich vergaß ich meine Schmerzen und konnte nicht verhindern, dass mein Unterkiefer zum zweiten Mal an diesem Tag herunterklappte.

Wir befanden uns in einem kreisrunden Raum, dessen Wände aus einem vollkommen glatten, matt glänzenden Metall bestanden. Außer dem Bett oder was immer es war, worauf Paloma mich offensichtlich gelegt hatte, gab es in dem Raum keine Möbel oder andere Gegenstände.

Allerdings waren in die gegenüberliegende Wand drei Monitore eingelassen. Auf dem rechten standen mir völlig unbekannte Zeichen. Ebenso wenig hätte ich die Bedeutung des Gewirrs von Linien und aufflackernden Lichtpunkten auf dem linken Monitor deuten können. Dafür erkannte ich umso besser das Bild auf dem mittleren der Monitore. Es zeigte die mir sehr vertraute Wiese und in einiger Entfernung das kleine Wäldchen an dessen Rand.

Paloma beantwortete meine Frage, bevor ich sie gestellt hatte: »Eine Außenkamera. Wenn ich will, gewährt sie auch einen Rundumblick.«

Ich schluckte. »Und die beiden anderen?«

»Die sind nötig, um das Shuttle zu fliegen und zu navigieren«, erklärte Paloma wie selbstverständlich.

»Fliegen. Klar.«

»Damit sollten wir auch nicht allzu lange warten. Ich habe das Shuttle zwar wieder getarnt, aber es könnte noch einmal jemand dagegenlaufen und sich verletzen.«

»Hat das Ding hier etwa gestern schon gestanden?«, rief ich.

Meine Großmutter schüttelte den Kopf. »Da hatte ich es woanders geparkt. Ich wollte nicht, dass du es zufällig entdeckst, indem du aus Versehen dagegenläufst. Hätte ich heute auch machen sollen«, ergänzte sie brummend.

Dann machte sie einen Schritt auf die Monitore zu und schob gleichzeitig einen Ärmel ihres Mantels hoch. Kurz über ihrem Handgelenk kam ein weiß glänzender Reif zum Vorschein, der sich eng an ihren Arm anschmiegte. Mit Daumen und Zeigefinger strich sie sanft darüber.

Fassungslos beobachtete ich, wie in der Nähe der Wand mit den Monitoren der Boden lautlos eine Öffnung bildete und sich daraus ein Sessel mit breiten Armstützen und einer hohen Rückenlehne erhob. Fast gleichzeitig begann die Wand unter den Monitoren zu flimmern. Bevor ich auch nur ein Mal blinzeln konnte, schob sich eine Instrumententafel daraus hervor, auf der nebeneinander unzählige weitere Monitore in verschiedenen Größen angeordnet waren. In der Mitte, genau gegenüber der Bildschirme, ragte ein kurzer, durchsichtiger Stab hervor. An dessen Ende war eine ebenfalls durchsichtige Kugel in der Größe eines Handballs angebracht, in der helle Blitze zuckten.

»Was ist das?«, fragte ich völlig entgeistert.

Paloma zuckte mit den Schultern. »Das Cockpit. Was sonst? Schließlich fliegt das Ding nicht von allein.«

»Wohin – äh – *fliegen* wir denn?«, fragte ich und wusste nicht, ob ich die Antwort überhaupt hören wollte.

»Zu unserem Schiff. Es heißt übrigens Galaktika.«

Ich wollte etwas darauf erwidern, brachte aber kein Wort heraus. Doch dann fiel mir wieder jemand ein, den ich bei all dem Unglaublichen, was gerade um mich herum passierte, fast vergessen hätte. »Salami! Wo ist Salami?«

Paloma ließ sich auf den Sessel vor den Monitoren fallen. »Er ist schon auf dem Schiff. Ich musste ihn gestern dorthin bringen, damit er behandelt werden konnte.«

»Und wo ist dieses – Schiff?«

Meine Großmutter, oder wer immer sie war, umfasste die blitzende Kugel mit beiden Händen. »In der Nähe. Wir haben es hinter dem Mars geparkt. Der Flug dauert also nicht lange.«

»Dann bin ich ja beruhigt«, sagte ich leise und ließ mich stöhnend auf meine Liege zurücksinken. Doch augenblicklich fuhr ich wieder hoch. Der Boden, nein der ganze Raum begann zu beben.

»Was passiert hier?« Ich klammerte mich panisch an mein Bett.

»Keine Angst«, antwortete Paloma ruhig, wobei sie immer noch die Kugel umfasst hielt. »Wir heben ab.«

Hektisch tastete ich nach Sicherheitsgurten. »Müssen wir uns nicht anschnallen oder so?«

Paloma lachte leise auf. »Weder anschnallen noch oder so. Unser Antigrav-System sorgt für eine Schwerkraft, die der auf der Erde entspricht. Die Schwerelosigkeit bleibt dir also erspart.« Dann ließ sie die Kugel los und wandte sich zu mir um. »Ich habe den Autopiloten aktiviert. Nun können wir uns in Ruhe unterhalten, bis wir die Galaktika erreicht haben.«

Ich zeigte auf den mittleren Monitor, der sich ausgeschaltet hatte. »Fliegen wir tatsächlich? Ich spüre überhaupt nichts.«

Über Palomas Gesicht huschte ein Lächeln. »Unser Antriebssystem ist sehr leise und schonend. Aber ich kann dir beweisen, dass wir fliegen. Nur erschrick bitte nicht.« Wieder strich sie über ihren Armreif und ich klammerte mich erneut schreiend an meine Liege.

»Der Boden! Er ist weg!« Im selben Augenblick erkannte ich jedoch, dass der Raum unter meinen Füßen nicht verschwunden, sondern nur durchsichtig geworden war. Mit angehaltenem Atem starrte ich auf die Landschaft unter mir. Noch konnte ich Städte, Wälder und Felder erkennen, doch mit rasender Geschwindigkeit wurde das alles kleiner

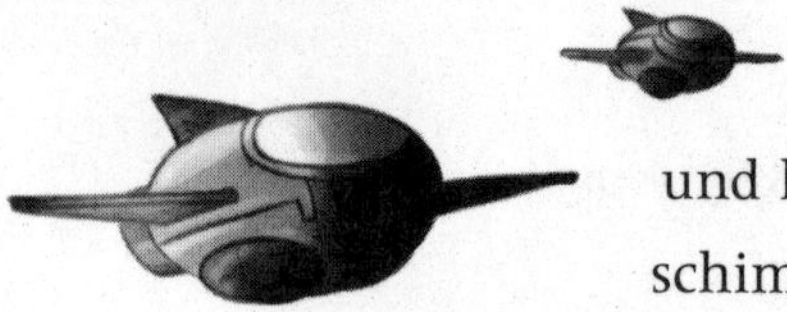

und kleiner, bis die Erde schließlich als blau schimmernde Kugel vor einem pechschwarzen Himmel erschien. Genau so ein Bild gab es in unserem Schulatlas. Meine Schule! Das Heim! Ecki! Erst jetzt wurde mir wirklich bewusst, dass ich gerade ins Weltall flog!

»Was ist mit Ecki?«, wandte ich mich an Paloma. »Er wird mich doch sicher vermissen.«

»Wird er nicht. Dafür ist gesorgt. Er wird die Nachricht erhalten, dass du nun bei deiner Oma in einer anderen Stadt wohnst«, antwortete die, während sie erneut über ihren Armreif strich. Das Bild der Erde verschwand und ich stand wieder auf undurchsichtigem Metall.

»Und was ist mit deinem Versprechen?«, wollte ich wissen. »Wenn es mir bei dir, wo auch immer das ist, nicht gefällt? Bringst du mich dann zurück?«

Paloma wich meinem Blick aus. »Es wird dir gefallen.«

»Woher willst du das wissen? Und überhaupt! Wer oder was bist du? Wo kommst du her und was ist das für ein Ding?«, rief ich und zeigte auf den Armreif.

Paloma erhob sich aus ihrem Sessel und setzte sich neben mich auf die Liege. »Ich habe dir wohl einiges zu erklären, Tom.«

Ich verschränkte die Arme vor meiner Brust. »Allerdings!«

Sie holte tief Luft, bevor sie sagte: »Ich bin tatsächlich deine Großmutter. Nur komme ich nicht aus einer anderen Stadt, sondern von einem anderen Planeten.«

Ich gab ein Grunzen von mir und tippte mit dem Zeigefinger an meine Schläfe. Dabei stellte ich zufrieden fest, dass der Typ mit dem Hammer Feierabend gemacht hatte.

»Willst du mich doch ver…«

Mit einer Kopfbewegung zeigte sie in Richtung des Cockpits. »Und wie erklärst du dir das hier?«

Ich zuckte mit den Schultern. »Keine Ahnung. Wahrscheinlich träume ich gerade, werde gleich geweckt und muss zur Schule.« Um genau das zu beweisen, kniff ich mit Zeigefinger und Daumen in meinen Oberschenkel. Es tat weh und ich wachte nicht auf. »Du willst mir also erzählen, dass du eine Außerirdische bist?«, fragte ich dann die Frau, die immer noch behauptete, meine Großmutter zu sein.

»Ja«, war die schlichte Antwort. »Mein Heimatplanet ist fünfhundertvierzehn Lichtjahre von der Erde entfernt und heißt in unserer Sprache Windik.«

»In eurer Sprache?«, unterbrach ich sie.

»Aber sicher haben wir eine eigene Sprache! Allerdings sind wir auch in der Lage, viele andere Sprachen zu sprechen. Nur hatte ich geplant, noch ein paar Jahre zu warten, bis ich dir alles erzähle.« Dann fügte sie hinzu: »Aber meine Unvorsichtigkeit und dein Hund haben meine Pläne durchkreuzt.«

»Windik? Anderer Planet?«, unterbrach ich sie und spürte, dass sich meine Stimme überschlug. »Das ist doch alles Quatsch! Ist das hier so ein Hollywood-Fake oder *Versteckte Kamera?*«

Paloma legte ihre Hände auf meine Schultern und sah mir in die Augen. »Tom, versuch dich zu beruhigen. Mir ist klar, dass das alles schwer zu verarbeiten ist. Aber bitte glaub mir, dass ich die Wahrheit sage.«

Plötzlich durchfuhr es mich heiß und kalt. »Wenn das tatsächlich stimmt, dann – dann ist meine Mutter ja auch eine Außerirdische!«

Paloma nickte und ließ mich dabei nicht aus den Augen. »Das ist doch logisch, oder nicht?«

Ich schnappte nach Luft. »Wo ist sie? Warum hat sie mich …«

Mit einer Handbewegung unterbrach Paloma mich. »Eins nach dem anderen. Zuerst will ich dir erklären, warum wir hier sind.«

»Nicht meinetwegen?«

Nun wich Paloma meinem Blick aus. »Zumindest nicht nur. Wir sollen von Zeit zu Zeit die Erde besuchen und der IU über den Zustand der Menschheit berichten. Allerdings dürfen wir uns nicht zu erkennen geben. Und genau das ist auch das Problem, das deine Mutter …«

Ich hob die Hände. »Halt! Was heißt denn *Zustand der Menschheit* und wer ist *IU?*«

Paloma seufzte. »Das ist die Intergalaktische Union. In ihr haben sich drei Planeten zusammengeschlossen, deren Bewohner intelligent sind und sich weit entwickelt haben.«

»Noch mehr Außerirdische?«, fragte ich fassungslos.

Meine Großmutter nickte. »Allerdings. Sie werden aber nur in der Union aufgenommen, wenn sie es geschafft haben, ihre Probleme friedlich zu lösen. Und darum ...«

»... gehört die Erde nicht dazu«, ergänzte ich mit einem Seufzer.

»So ist es – leider.«

Allmählich ging mir das Gerede über Außerirdische und intergalaktische Irgendwas auf den Wecker. »Ich will aber trotzdem wissen, was mit meiner Mutter ist! Warum ist sie nicht hier und warum hat sie sich nie bei mir gemeldet?« Noch während ich das rief, spürte ich, wie Tränen in mir hochstiegen. Wütend schluckte ich sie hinunter.

Paloma antwortete nicht, sondern stand auf, ging zu der Instrumententafel, betrachtete einige der Monitore genauer und kam wieder zu mir zurück. »Also gut«, sagte sie dann mit einem hörbaren Seufzer, während sie sich wieder auf die Liege neben mich setzte. »Irgendwann musst du es ja erfahren.«

»Allerdings!«, fuhr ich sie schärfer an, als ich wollte. »Ist es denn so schlimm?«, fügte ich dann leiser hinzu.

»Wenn eine Mutter von ihrem Kind getrennt wird, ist es immer schlimm.«

Fast gegen meinen Willen beruhigte ich mich wieder. Dass meine Mutter und ich getrennt wurden, wusste ich schließlich schon mein Leben lang. Genauer gesagt hatte sie sich von mir getrennt. Die Frage war nur: Warum? Doch gleichzeitig wusste ich nicht, ob ich die Antwort wirklich hören wollte.

Meine Großmutter sah mir in die Augen. »Weil sie es musste. Die Regierung der IU hat sie dazu gezwungen.«

»Gezwungen?«, rief ich nun wieder lauter. »Wie kann eine Regierung eine Mutter zwingen …«

»Weil unsere Besuche geheim bleiben müssen. Wann immer wir kommen, werden ein oder zwei Windiks auf die Erde gesandt, um die Menschen eine Weile zu beobachten.«

»Und eine davon war meine Mutter?«, unterbrach ich Paloma.

»Ja. Und dort hat sie sich in einen Menschen verliebt.«

Ich schluckte. »In meinen Vater?«

Paloma lächelte mich an. »Offensichtlich. Zum Glück hat Nadira ihm nicht verraten …«

»Nadira?«, fragte ich aufgeregt dazwischen. »So heißt meine Mutter?«

Meine Großmuter nickte nur und fuhr dann fort: »Nadira war also so klug, ihm nicht zu verraten, woher sie kommt, denn er wollte nichts mehr von ihr wissen, sobald er erfuhr, dass sie ein Kind erwartete. Aber das war nicht das Schlimmste.«

Ich lachte auf, ohne dass ich es komisch fand. »Du sagst mir einfach so, dass mein Vater abgehauen ist? Und das soll nicht schlimm sein?«

Paloma schüttelte den Kopf. »So habe ich das doch nicht gemeint. Du hättest ja immer noch deine Mutter gehabt. Aber sie wurde gezwungen, dich hierzulassen, nachdem sie dich zur Welt gebracht hatte, damit unsere Besuche geheim bleiben. Glaub mir, Tom, es hat ihr fast das Herz gebrochen.«

»Glaubst du, für mich war das einfach?«, flüsterte ich. »Wisst ihr denn, wo mein Vater jetzt ist?«

Meine Großmutter hob die Schultern. »Nadira hat mir nicht gesagt, wer er ist. Niemandem hat sie es verraten, bis heute nicht.«

»Wo ist sie denn jetzt?«, fragte ich vorsichtig.

»Sie arbeitet auf einem Forschungsschiff. Ich habe sie auch schon eine ganze Weile nicht mehr gesehen.«

»Kann ich mich mit ihr treffen?«, platzte es aus mir heraus.

Paloma stand auf. »Vielleicht, Tom. Wir werden sehen.« Damit ging sie wieder zu der Instrumententafel.

»Vielleicht?«, rief ich ihr nach. »Was soll das heißen?«

»Das entscheide nicht ich, sondern die Regierung der IU. Und die sind nicht gerade gut auf unsere Familie zu sprechen.«

»Familie!«, schoss es mir durch den Kopf. Ich wusste nun tatsächlich, wer meine Familie war – zumindest die meiner Mutter. Davon hatte ich immer heimlich geträumt. Aber so habe ich mir meine Familie wahrhaftig nicht vorstellen können.

»Wir sind fast angekommen«, riss Paloma mich aus meinen Gedanken.

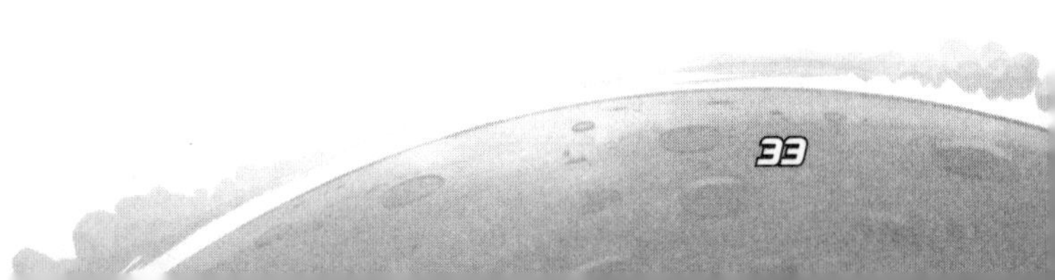

Ich fuhr hoch. »Angekommen?«

Statt einer Antwort strich sie wieder über ihren Armreif. Dieses Mal wurde nicht der Boden, sondern die Wand durchsichtig.

Ich schnappte nach Luft und mein Unterkiefer klappte zum dritten Mal herunter. Hoffentlich wurde das nicht zu meiner Gewohnheit. »Das – das glaube ich nicht«, stammelte ich. »Was ist das?«

Mit einer ausholenden Armbewegung zeigte Paloma in die Richtung, in die ich mit offenem Mund starrte. »Das, mein lieber Tom, ist die Galaktika!«

# Ein Raumschiff und eine Kehrmaschine

Die eine Hälfte der durchsichtigen Wand des Shuttles nahm die Oberfläche eines Planeten ein. Die war allerdings längst nicht so bunt wie die der Erde, sondern eintönig rotbraun. Das musste der Mars sein!

Ich konnte es kaum glauben. Wieder kam ich mir wie in einem Traum vor. Der Grund dafür war jedoch vor allem das, was die andere Hälfte des Shuttle-Fensters zeigte: eine riesige Frisbee-Scheibe. Zumindest erinnerte es mich daran. Was an diesem Vergleich jedoch nicht stimmte, waren die beiden Öffnungen am Rand der Scheibe sowie eine Wölbung an dessen Oberseite. Darauf blinkten kleine helle Lichter.

»Die Galaktika ist einer der größten und

modernsten Raumkreuzer der IU. Und sie ist sehr neu«, durchbrach Paloma die Stille. »Etwas *ganz* Neues«, fügte sie dann noch hinzu und sah mich mit einem Blick an, den ich nicht deuten konnte.

»Wie groß ist sie denn?«, wollte ich wissen.

»Ihr Durchmesser beträgt acht Kliks. Das sind ungefähr zwei irdische Kilometer.«

»So groß?«, rutschte es mir heraus.

Paloma nickte, ohne den Blick von »ihrer« Galaktika zu nehmen.

»Die Besatzung besteht allerdings nur aus vier Mitgliedern, mich eingeschlossen. Die Wartungsarbeiten, und was sonst noch zu tun ist, erledigen Bots, also Roboter.«

»Ein so großes Schiff für nur vier – Leute?«

»Der Passagierbereich und die Kommandobrücke befinden sich im oberen Teil, dort wo du die Lichter erkennen kannst. Klein ist er allerdings auch nicht. Er hat einen Durchmesser von zwei Kliks, also fast einem halben Kilometer auf der Erde.«

»Und der Rest?«, fragte ich beeindruckt.

»Der wird für den Hyperantrieb benötigt.«

Ich verstand kein Wort. »Hyperantrieb? Was ist das denn?«

»Den brauchen wir, um sehr weite Entfernungen zurückzulegen. Unser Pulsantrieb schafft zwar auch fast ein Viertel Licht. Aber damit wären wir im Normalraum mehr als zweitausend Jahre von Windik bis hierher unterwegs, während

die Reise durch den Hyperraum kaum einen Tag dauert. Stell ihn dir als eine Art Abkürzung vor.«

Ich verstand nur die Hälfte von dem, was meine Oma mir da erzählte, und mir brummte erneut der Schädel, auch ohne einen Mann mit einem Hammer darin. Also sagte oder fragte ich nichts mehr, sondern wandte mich wieder dem zu, was außerhalb des Shuttles geschah.

Inzwischen war vom Mars nichts mehr zu sehen. Die völlig gleichmäßige Oberfläche des Raumschiffs füllte das gesamte Fenster aus. Ich starrte wieder etwas ungläubig meine Großmutter an, die seelenruhig neben mir auf der Liege saß.

»Musst du das Shuttle nicht steuern?«, wollte ich wissen.

Sie schüttelte den Kopf. »Uns hat bereits der Traktorstrahl erfasst. Der zieht uns hinein.«

In diesem Moment erschien eine Öffnung in der zuvor völlig glatten Oberfläche des Raumschiffs und wurde zusehends größer, während wir uns näherten. In dem Augenblick wurde die Wand zu meinem Bedauern wieder undurchsichtig.

»Wir sind da«, verkündete meine Großmutter kurz darauf und erhob sich. Ich fragte mich, woran sie das gemerkt hatte.

»Pass auf, dass du nicht fällst«, sagte sie dann und zeigte auf den Boden vor meinen Füßen.

Ich schaute hinunter und wich erschrocken einen Schritt zurück. Wie von Geisterhand hatte sich auch dort völlig geräuschlos eine Öffnung gebildet, von der aus eine kleine Treppe hinabführte.

»Nach dir«, forderte Paloma mich mit einer Armbewegung und einem breiten Lächeln auf.

Vorsichtig stieg ich die Treppe des Shuttles hinunter in den Bauch der Galaktika und fragte mich mit klopfendem Herzen, was mich dort wohl erwarten würde.

Das, was ich dann aber tatsächlich als Erstes sah, hätte mich nicht mehr überraschen können: eine Kehrmaschine! Sie rauschte an mir vorbei und ihre rotierenden Bürsten hinterließen eine feuchte Spur auf dem Boden. Oben auf dieser Maschine saß jemand. Es war ein Mädchen, soweit ich das erkennen konnte. Offensichtlich wurden doch nicht alle Arbeiten nur von Robotern erledigt. Das Mädchen sang lauthals in einer Sprache, die ich nicht verstand, und wiegte ihren Oberkörper im Takt.

»Was soll das denn?«, rief Paloma aus, die nach mir die Treppe heruntergekommen war.

Dann rief sie etwas in Richtung der Maschine. Es hörte sich an wie die Sprache, in der das Mädchen gesungen hatte. Die schien es auch verstanden zu haben, denn sie bremste und kam langsamer zu uns zurück. Dabei konnte ich sie genauer betrachten. Sie mochte etwa in meinem Alter sein, allerdings war sie etwas kleiner. Ihre Gesichtsfarbe war blass, abgesehen von einigen Sommersprossen, die sich um ihre Stupsnase versammelt hatten. Am auffälligsten waren jedoch ihre Augen. Ihre Farbe erinnerte mich an den Bernsteinanhänger meiner Englischlehrerin. Der hatte immer geleuchtet, sobald zufällig die Sonne daraufgeschienen hatte.

Sofort begann Paloma in der mir fremden Sprache wild auf sie einzureden.

Ich blickte mich um. In dem Hangar hätte eine Kirche Platz gehabt. Ich zählte zehn Shuttles, die ich nun auch von außen sehen konnte. Ihre Form erinnerte mich nicht an eine Frisbee-Scheibe sondern eher an ein Ei, an dessen dickerem Ende ebenfalls zwei Öffnungen zu erkennen waren. Darin vibrierte und flimmerte es so heftig, dass ich meinen Blick abwenden musste und mich wieder Paloma und dem Mädchen zuwandte.

Ich verstand zwar nicht, worüber sie redeten, aber ich schien dabei auch eine Rolle zu spielen.

Während sie sprachen, zeigte meine Großmutter auf mich, worauf sich das Mädchen mir zuwandte, den Kopf schieflegte und mich mit einem Zahnpastalächeln anstrahlte. Dann wandte sie sich wieder um und rauschte mit ihrem Reinigungsgerät davon.

»Wer war das?«, fragte ich Paloma, während ich dem Mädchen nachsah.

Meine Großmutter seufzte. »Das war Noki. Sie hat mal wieder einen Bock geschossen, wie ihr auf der Erde sagen würdet.«

»Noki? Einen Bock? Wie meinst du …« Weiter kam ich

nicht, denn hinter uns polterten Felsbrocken einen Hang herunter.

Ich fuhr herum und entdeckte einen Gartenzwerg. Jedenfalls erinnerte er mich sofort an einen, allerdings ohne Zipfelmütze. Er war halb so groß wie Paloma, reichte also auch mir nur bis zur Schulter. Dafür war er mindestens doppelt so breit. Sein Gesicht war hinter seinem Rauschebart kaum zu erkennen. Nun stellte ich fest, dass das Geräusch, das mich so erschreckt hatte, aus seinem Mund kam. Es musste seine Sprache sein! Noch mehr wunderte mich jedoch, dass meine Großmutter ihm in derselben Sprache antwortete. Bei ihr hörte es sich jedoch eher nach einem heiseren Hundeknurren an.

Auch sie unterhielten sich kurz, dann machte der Gartenzwerg kehrt und meine Oma folgte ihm.

Nach ein paar Schritten blieb sie stehen, sah sich zu mir um und fragte: »Was ist? Worauf wartest du?«

Ich zuckte zusammen und rannte ihnen hinterher. »Wer ist das?«, raunte ich Paloma im Laufen zu.

»Er heißt Krgniyxilmognyximpdrom und stammt vom Planeten Kolosso. Er ist ein Mitglied der Crew, genauer gesagt unser Maschinist.«

»Sind die da alle so klein?«, fragte ich und entschied mich, ihn insgeheim weiter Gartenzwerg zu nennen.

Meine Großmutter nickte. »Auf Kolosso ist die Schwerkraft doppelt so hoch wie auf der Erde. Darum werden die Kolossianer nicht sehr groß, sind aber ausgesprochen stark. Auf unserem Planeten ist es genau umgekehrt. Daher sind wir groß gewachsen, jedoch nicht besonders kräftig.«

Ich sah an mir herunter, da hatte sie wohl recht. »Und worüber habt ihr euch unterhalten?«, fragte ich dann.

Paloma betrachtete mich mit zusammengezogenen Augenbrauen. »Du warst doch dabei! Hast du nicht zugehört?«

»Klar hab ich zugehört!«, rief ich. »Aber ich habe kein Wort verstanden!«

Sie blieb stehen und schlug sich mit der flachen Hand vor die Stirn. »Stimmt ja! Du hast noch kein Tattoo! Das hatte ich völlig vergessen!«

Dann schob sie den Ärmel ihres Mantels hoch und flüsterte etwas in Richtung des Armreifs, wie sie es schon auf dem Flug hierher getan hatte.

Gerade als ich wissen wollte, was sie damit meinte, ließ der Gartenzwerg wieder sprachliche Felsbrocken poltern. Er stand in der Tür zu einem kleinen Raum, der mich an die Kabine eines Aufzugs erinnerte.

»Ich erkläre dir alles Weitere auf der Brücke, Tom. Dort kannst du auch das letzte Mitglied unserer Besatzung kennenlernen.«

»Viel verrückter kann es ja kaum werden«, erwiderte ich mit einem Seufzer und ahnte nicht, wie sehr ich mich da irrte.

Hinter mir schloss sich die Tür und ich stand neben dem knurrenden Gartenzwerg. Besonders wohl fühlte ich mich nicht dabei, zumal er mich aus kleinen braunen Knopfaugen betrachtete.

Meine Oma setzte wieder zu einem heiseren Hundeknurren an, worauf ich erschreckt zusammenzuckte. Der Gartenzwerg ließ Felsbrocken poltern und verbeugte sich kurz in meine Richtung. Darüber erschrak ich fast noch mehr. Vor mir hatte sich noch nie jemand verbeugt.

Ich wollte Paloma schon fragen, was sie ihm über mich erzählt hatte, da flüsterte sie mir zu: »Er hat sich dir vorgestellt. Wir nennen ihn wegen seines etwas komplizierten Namens übrigens Jack.«

»Gute Idee«, murmelte ich kaum hörbar.

In dem Augenblick öffnete sich geräuschlos die Tür und es verschlug mir augenblicklich die Sprache. Ich blickte in einen kreisrunden Raum, ähnlich dem im Shuttle. Nur war dieser größer, viel größer, gigantisch groß! Die Turnhalle meiner Schule hätte locker zweimal darin Platz gehabt. Die Wände waren mit Monitoren geradezu gepflastert. Vor ihnen waren in regelmäßigen Abständen Konsolen angebracht, aus denen seltsame Stäbe wuchsen. Sie erinnerten mich an die Dinger, die man früher für Computerspiele benutzt hatte. Ecki hatte mir einmal erzählt, dass sie Joysticks hießen. An der Spitze dieser Stäbe waren die Blitzkugeln angebracht, die ich ebenfalls schon aus dem Shuttle kannte. Zwei davon waren dichter nebeneinander angebracht als die übrigen und auch wesentlich größer.

Zögernd folgte ich Paloma und Gartenzwerg Jack in den Raum, während sich die Tür des Aufzugs, oder was immer es war, geräuschlos hinter uns schloss.

Mit offenem Mund und einem wahrscheinlich ziemlich blöden Gesichtsausdruck blickte ich mich um. Vor den Konsolen mit den Joystick-Blitzkugeln standen bequem aussehende Sessel mit einer hohen Rückenlehne. Vor einer Wand, an der ausnahmsweise keine Monitore angebracht waren, stand ein Tisch, um den ebenfalls Sessel gruppiert waren. Mitten auf diesem Tisch entdeckte ich einen Blumentopf mit einem Kaktus darin. Der passte so wenig in diesen Raum wie ein Raumschiff auf meine Lieblingswiese.

»Was macht denn der Kaktus hier?«, flüsterte ich Paloma zu.

»Das hier ist die Brücke der Galaktika, also der wichtigste Raum des Schiffs«, sagte Paloma, ohne auf meine Frage einzugehen.

»Und der Kaktus?«, versuchte ich es noch einmal.

Bevor Paloma darauf antworten konnte, öffnete sich die Tür des Aufzugs erneut und das Mädchen aus dem Shuttle-Hangar erschien. Sie trug eine weiße Uniform mit goldenen Knöpfen und silbernen Streifen an den Ärmeln. Die hätte mir auch gefallen.

Mit auf der Brust verschränkten Armen blieb sie dicht vor mir stehen, betrachtete mich mit schief gelegtem Kopf und warf mir wieder dieses Zahnpasta-Lächeln zu.

Ich wollte sie schon fragen, warum sie mich immer so angrinst, da fiel mir auf, dass der Kaktus verschwunden war.

Ich drehte mich zu Paloma um und erschrak so sehr, dass ich aufschrie. Neben meiner Großmutter stand ein Mann in einem weißen Arztkittel, einem Stethoskop um den Hals und einer altmodischen Arzttasche in der Hand.

# Lecker, süß und ein Freund namens Salami

Für einen Augenblick war ich sprachlos, brachte dann aber heraus: »Ist er ein Arzt – ich meine, ein Mensch?«

Paloma räusperte sich, bevor sie zögernd antwortete: »Unter anderem.«

Der Arzt, oder wer auch immer er war, lächelte mich wortlos an. Dann umfasste er mein Handgelenk, zog meinen Arm zu sich heran und schob meinen Hemdsärmel hoch. Plötzlich hatte er einen Stift in der Hand, der aus demselben Material zu bestehen schien wie das Armband meiner Großmutter. Bevor ich mich dagegen wehren konnte, strich er damit über meinen Unterarm. Augenblicklich breitete sich ein kribbelndes Gefühl an dieser Stelle aus. Es tat nicht weh, war aber auch nicht sehr angenehm. Zum Glück ließ es bald nach. Dafür erschien ein goldener Stern oberhalb meines Handgelenks.

»Was ist das?«, rief ich, ohne meinen Arm aus den Augen zu lassen.

»Das ist ein Sprach-Tattoo«, antwortete das Kehrmaschinen-Mädchen.

Ich fuhr zu ihr herum. »Du sprichst ja meine Sprache!«

Paloma legte ihre Hand auf meine Schulter. »Sie redet immer noch in unserer Sprache, also in der der Windiks.«

»Aber ich habe sie verstanden!«

Paloma zeigte auf den Stern, der immer noch golden aufleuchtete. »Das ist, wie Noki schon sagte, ein Sprach-Tattoo. Nun kannst du alle Sprachen verstehen, die in der IU gesprochen werden – und übrigens auch alle irdischen Sprachen.«

»Wahnsinn«, brachte ich nur heraus, den Blick immer noch auf den Stern gerichtet.

»Es ist kein Wahnsinn, sondern eher das Gegenteil«, entgegnete Paloma mit einem Schmunzeln. »Es ist eine der wichtigsten Errungenschaften der IU. Sich zu verstehen, ist eine grundlegende Voraussetzung für ein friedliches Zusammenleben.«

»Es wäre schön, wenn das die Schleicher auch einsehen würden«, erwiderte der Arzt mit einer seltsam krächzenden Stimme.

Ich sah meine Großmutter an. »Schleicher? Gehören die auch zur IU?«

Paloma und Jack warfen sich einen Blick zu, den ich nicht deuten konnte. »Nein«, antwortete sie dann nur.

»Dann sind die wohl nicht so friedlich?«

»Überhaupt nicht!«, rief das Mädchen mit dem Zahnpastalächeln. »Das sind die hinterhältigsten Kreaturen ...«

Sie sprach nicht weiter. Ein strenger Blick meiner Großmutter hatte sie augenblicklich verstummen lassen. Wollte sie nicht, dass ich von diesen Schleichern erfuhr?

Ich wurde neugierig. »Wer sind diese Schleicher?«, fragte ich noch einmal.

»Wohnt der Mensch in der Gästekabine?«, fragte der Mann im Arztkittel. Er war also offensichtlich doch ein Außerirdischer.

»Ja«, antwortete meine Großmutter fast erleichtert. »Sie ist zwar nicht besonders komfortabel, aber sie muss genügen.«

Das Mädchen klatschte in die Hände. »Voll abgereist! Darf ich sie ihm zeigen?«

»Das ist eine gute Idee, Noki.«

Noki strahlte sie an. »Kühl.«

Ich sah sie an. »Kühl? Abgereist?«

»Sie meint *cool* und *voll abgefahren*«, antwortete Gartenzwerg Jack für sie. Seine Stimme hörte sich immer noch ein wenig wie polternde Felsbrocken an, aber nun verstand ich ihn.

»Noki! Wenn du schon die irdische Jugendsprache benutzen willst, dann solltest du das auch korrekt tun«, ergänzte meine Großmutter.

»Was war denn daran falsch?«, fragte Noki. »Cool ist eine irdische Übersetzung von kühl oder nicht?«

Paloma verdrehte die Augen und seufzte. »Bring Tom bitte einfach in die Gästekabine, Noki.«

Wieder bekam ich dieses Lächeln zu sehen. Dann nahm sie meine Hand und zog mich hinter sich her in Richtung Aufzug.

In dem Augenblick durchzuckte mich ein Gedanke so heftig, dass ich abrupt stehen blieb.

Noki wandte sich zu mir um. »Was ist los?«

»Salami!«, rief ich lauter, als ich eigentlich wollte. »Wo ist Salami?«

»Salami ist eine irdische Speise«, erwiderte Noki. »Hast du Hunger?«

»Er meint den Hund«, antwortete Paloma für mich. »Holst du ihn bitte, Cham?«, fragte sie dann an den Arzt gewandt.

»Er schläft«, entgegnete der. »Die Prozedur hat ihn sehr angestrengt.«

»Prozedur?«, rief ich aufgebracht. »Was denn für eine Prozedur?«

Paloma hob die Hände. »Alles ist gut, Tom. Lass dir von Noki deine Kabine zeigen und zieh dir geeignete Bordkleidung an. Wenn du zurückkommst, kannst du deinen Freund – begrüßen.«

Das letzte Wort hatte sie seltsam zögernd herausgebracht, doch bevor ich sie danach fragen konnte, hatte Noki mich in den Aufzug gezerrt. Die Tür schloss sich und wir waren allein. Augenblicklich beschlich mich ein ungutes Gefühl. Wie recht ich damit hatte, erfuhr ich nur Sekunden später.

»Ich finde dich lecker«, sagte Noki und stellte sich so dicht neben mich, dass ihre Haare über meine Wange strichen, wenn sie ihren Kopf bewegte.

Mein Magen krampfte sich zusammen. »Lecker?«, fragte ich leise und schluckte.

Noki sah mich mit großen Augen an und fragte unsicher: »Sagen das nicht Liebespaare auf der Erde?«

»Li…li…li…«, stotterte ich und schnappte nach Luft.

Noki schüttelte den Kopf. Nun kitzelten ihre Haare in meiner Nase und ich konnte gerade noch ein Niesen unterdrücken.

»Lecker ist nicht das richtige Wort!«, rief sie dann. »Süß! Ich finde dich süß! So ist es richtig, oder?«

»Ja. Äh … nein! Ich meine, eigentlich ist es richtig, aber nicht so! Ich meine, ich bin nicht süß«, stammelte ich, als wäre ich nicht mehr ganz richtig im Kopf. Und ich bemerkte, dass meine Ohren ganz heiß wurden.

Noki sah mich mit großen Augen an und öffnete ihren

Mund, kam aber nicht mehr dazu, etwas zu sagen, denn die Tür glitt auf. Ich war ihr sehr dankbar dafür.

Vor uns erstreckte sich ein langer und breiter Gang. Ich konnte nur wenige Türen entdecken. Offensichtlich waren die Räume dahinter sehr groß.

»Und wohin jetzt?«, fragte ich meine Begleiterin.

Die sah mich verlegen an und zuckte mit den Schultern. »Hab ich vergessen.«

Ich zeigte den Gang hinunter. »Gibt ja nicht so viele Möglichkeiten.«

Statt einer Antwort seufzte Noki und zog den Ärmel ihrer Uniformjacke hoch. Darunter kam ein Armreif, ähnlich dem meiner Großmutter, zum Vorschein. Allerdings war Nokis wesentlich schmaler. Sie strich mit dem Zeigefinger darüber. Fast gleichzeitig ertönte Palomas Stimme: »Was gibt's, Noki?«

»Ich bin jetzt im Kabinengang«, flüsterte die kaum hörbar in Richtung des Armreifs.

»Und?«

»Ich habe vergessen, welches die Gästekabine ist.«

»Die letzte auf der linken Seite«, schnaubte meine Großmutter, hörbar verärgert. »Hast du wieder dein Gedächtnistraining vernachlässigt?«

Von einer Sekunde auf die andere wechselte Nokis Gesichtsfarbe von blass auf rot und sie zog hastig den Uniformärmel über den Armreif.

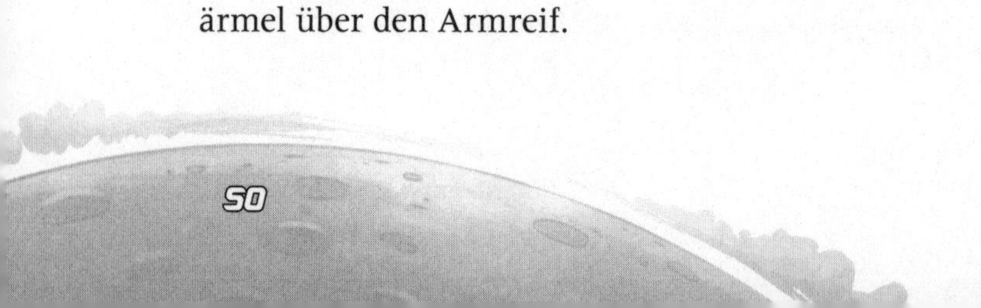

»Stammst du auch von Windik?«, unterbrach ich das peinliche Schweigen, während ich ihr den Gang entlang folgte.

Noki nickte. »Dort wurde ich konstruiert.«

Ich blieb stehen und sah sie an. »Konstruiert?«

»Ja. Ich habe einen natürlichen Organismus, aber eine künstliche Intelligenz.«

Ich brauchte einen Augenblick, bis ich herausbrachte: »Willst du mich verar...«

»Ich will dich nicht verhinterteilen«, unterbrach sie mich. »Mein Name ist 798 SP Emo Alpha. Alpha, weil ich die erste meiner Baureihe bin – und bisher auch die letzte«, fügte sie verlegen hinzu.

»Natürlicher Organismus, künstliche Intelligenz – Noki«, sagte ich leise und mehr zu mir selbst. »Darum nennen sie dich so.«

Wieder nickte sie und so etwas wie Stolz glomm in ihren Augen auf. »Emo steht für Emotionen. Meine Erschaffer haben mir einen eigenen Charakter und auch Gefühle gegeben. Das hatten meine Vorgängermodelle noch nicht.«

»Erschaffer. Vorgängermodelle«, wiederholte ich und konnte immer noch nicht glauben, dass das Mädchen, das da vor mir stand, ein – ja, was war sie eigentlich? Ein Roboter ja wohl nicht. Ich entschloss mich, sie wie ein ganz normales Mädchen zu behandeln. Wahrscheinlich würde ich sonst noch völlig den Verstand verlieren.

Wenige Augenblicke später blieb sie vor der letzten Tür auf

der linken Seite stehen und hielt ihren Armreif gegen einen kleinen Metallkasten, der neben der Tür angebracht war. Die sprang völlig geräuschlos einen Spalt auf.

Noki zeigte in den Raum. »Die Gästekabine. Leider nicht sehr schön.«

Ich folgte ihr hinein und erwartete schon eine düstere Kammer mit einer verlausten Matratze auf dem Boden und einem Blecheimer als Klo.

Was mich dann aber erwartete, als das Licht automatisch aufflammte, verschlug mir im wahrsten Sinne des Wortes den Atem. Wir standen in einem riesigen Raum, der hell erleuchtet war, obwohl nirgendwo Lampen zu entdecken waren. Die Möbel hätten gut in einer der Designerzeitschriften abgebildet sein können, die sich auf dem Schreibtisch unserer Schulsekretärin stapelten.

»Bist du sehr enttäuscht?«, fragte Noki mit ängstlicher Stimme.

Ich schüttelte nur den Kopf und fragte mich, wie wohl die anderen Kabinen aussahen, wenn diese »nicht sehr schön« sein sollte.

Offensichtlich beruhigt führte Noki mich durch mein neues Zuhause. An das Wohnzimmer schloss sich ein fast ebenso großes Schlafzimmer an, mit einem riesigen Bett darin. Außerdem gab es wahrhaftig zwei Badezimmer, eines mit Dusche und eines mit einer runden Wanne, in der wahrscheinlich die gesamte Besatzung Platz gehabt hätte.

Schließlich öffnete Noki eine Tür, die ich fast übersehen hätte.

»Das ist der Raum mit dem Replikator«, erklärte sie mit gedämpfter, fast ehrfurchtsvoller Stimme.

»Repli-was?«

Noki verzog ihr Gesicht zu einem schiefen Grinsen und bedeutete mir mit dem Kopf, dass ich ihr folgen sollte.

Der Raum war viel kleiner als die anderen und völlig leer, abgesehen von einem unscheinbaren Einbauschrank. Ich wollte Noki fragen, warum sie so geheimnisvoll getan hatte.

Ich kam nicht dazu, denn der Schrank begann zu reden: »Willkommen, Gast auf der Galaktika. Wie ist Ihr Name und was kann ich für Sie tun?«

»Der Schrank redet!«, rief ich viel zu laut.

»Das ist kein Schrank, sondern der Replikator«, erwiderte Noki. »Er besitzt auch eine künstliche Intelligenz, allerdings ohne Gefühle. Dafür stellt er Sachen her. In der IU gibt es für alles Replikatoren.«

»Für alles?«, fragte ich fassungslos.

Noki zuckte mit den Schultern. »Fast.« Dann wandte sie sich an den Schrank. »Der Gast heißt Tom. Er wünscht Bordkleidung.«

»Sehr wohl, 798 SP Emo Alpha.«

»Er spricht mich immer mit meinem richtigen Namen an«, flüsterte Noki mir zu.

Bevor ich darauf etwas erwidern konnte, öffnete sich eines

der Schrankfächer. Ich entdeckte eine Hose, ein T-Shirt und eine Art Pullover sowie Sneakers.

»Das ist die Bordkleidung«, erklärte Noki überflüssigerweise.

Ich nahm die Klamotten aus dem Fach und musterte sie skeptisch.

»Ich warte im Nebenzimmer«, sagte Noki schnell und war auch schon verschwunden.

»Woher wusste der Schrank, ich meine, der Replikator meine Größe?«, fragte ich Noki auf dem Weg zum Aufzug.

Die zuckte mit den Schultern. »Er hat dich ausgemessen, als du vor ihm gestanden hast.«

»Klar.« Was sollte ich auch sonst sagen? »Lieber hätte ich ja auch so eine Uniform gehabt«, fügte ich dann noch hinzu und berührte den Silberstreifen an ihrem Ärmel.

Noki schüttelte energisch den Kopf. »Das geht leider nicht. Die dürfen nur Kadetten tragen. Ich werde nämlich zu einer Raumschiffpilotin ausgebildet.« Der Stolz in ihrer Stimme war nicht zu überhören.

»Ach so.« Meiner Stimme war dagegen ganz sicher die Enttäuschung anzumerken.

»Die Bordkleidung ist aber auch schön. Du siehst sehr kühl darin aus und lecker – äh, süß.«

Ich schnappte nach Luft. »Was soll das?«, fuhr ich sie unbeholfen an. »Warum sagst du immer so komische Sachen?«

Noki wich erschrocken einen Schritt zurück. »Komische Sachen?«

»Na ja, süß – und so.«

Mit einem hörbaren Seufzer hob sie die Schultern. »Wahrscheinlich liegt es an den Gefühlen, die mir meine Erschaffer einprogrammiert haben.«

Ich erwiderte nichts darauf. Stattdessen nahm ich mir vor, meine Großmutter zu fragen, ob man diese *Gefühle* irgendwie abstellen konnte.

Während ich darauf wartete, dass der Aufzug uns zurück auf die Brücke brachte, spürte ich mein Herz immer heftiger klopfen. Nun würde ich endlich Salami wiedersehen. Hoffentlich hatte Paloma nicht gelogen und es ging ihm wirklich wieder gut!

Kaum hatte sich die Aufzugtür geöffnet, wich meine Angst mit einem Schlag Erleichterung. Hechelnd und schwanzwedelnd sprang mein zotteliger Freund auf mich zu.

Ich ging in die Hocke und schlang meine Arme um seinen Hals. »Salami, du alter Zottelbär. Gott sei Dank, es geht dir wirklich wieder gut.«

»Ja, es geht mir gut, alter Kumpel. Wuff. Aber ich habe einen Bärenhunger. Gibt es hier irgendwo Salami?«

»Keine Ahnung, aber ich kann Paloma fragen, ob …« Weiter kam ich nicht, denn ich zuckte zusammen, verlor das

Gleichgewicht und landete unsanft auf meinem Hintern. »Salami! Hast du gerade mit mir geredet?«

»Klar. Wuff. Du bist doch mein Freund, und mit seinen Freunden redet man, oder nicht?«

In dem Augenblick wurde ich ohnmächtig.

# Gekochte Socken und Liebesfilme

Etwas Feuchtes wischte über mein Gesicht. Ich öffnete die Augen und sah eine Hundezunge, die über meine Wange schlabberte. Mit einem Aufschrei fuhr ich hoch. »Salami, aus! Wie oft habe ich dir schon gesagt, du sollst mich nicht ablecken. Das ist ekelig!«

»Schon oft. Wuff. Aber du bist mein Freund, und Freunde leckt man ab, wenn sie wach werden sollen.«

Ich zuckte zurück. Mit einem Schlag war alles wieder da. »Du kannst ja wirklich sprechen! Oder träume ich das nur?«

»Es tut mir leid«, hörte ich die Stimme meiner Großmutter. »Ich hätte dich besser darauf vorbereiten müssen.«

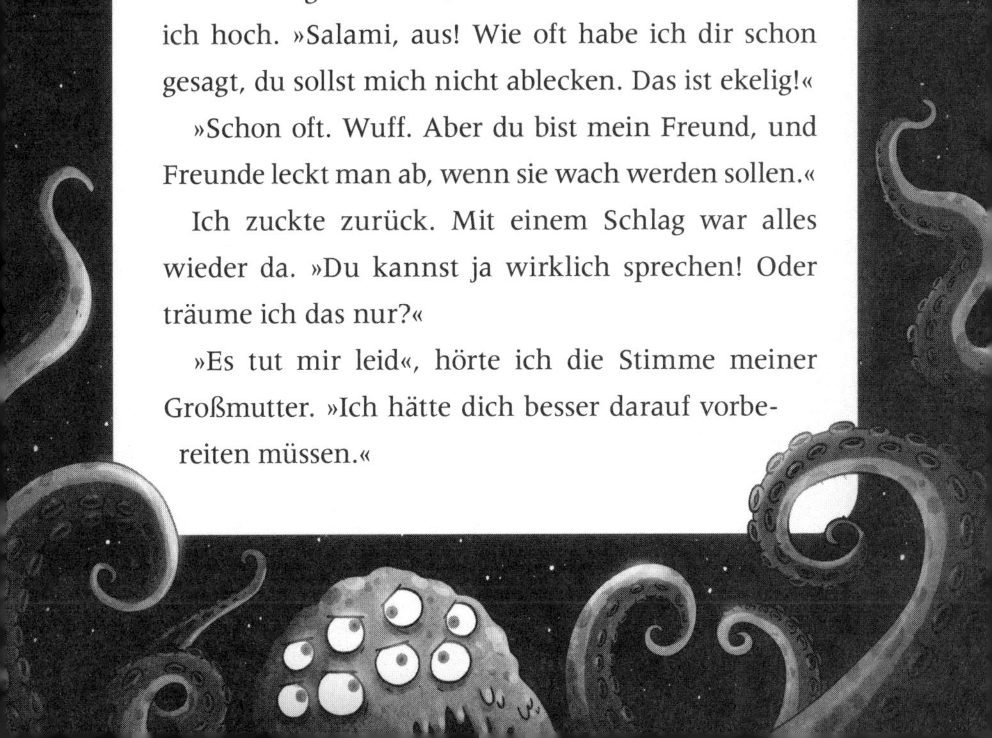

Erst jetzt wurde mir bewusst, wo ich war. Ich lag in dem riesigen Bett der »bescheidenen« Gästekabine. Salami stand mit den Vorderpfoten darauf, während Paloma und Noki auf Stühlen neben dem Bett saßen und mich mit besorgten Blicken betrachteten.

»Geht es dir wieder besser?«, fragte Noki dann auch leise.

»Worauf hättest du mich besser vorbereiten müssen?«, fragte ich Paloma, ohne auf Nokis Frage einzugehen.

»Auf die Metamorphose deines Freundes.«

»Häh?«

»Metamorphose ist eine Verwandlung oder Umgestaltung von einem Lebewesen, aber auch von …«

»Ich will eigentlich nur wissen, warum Salami sprechen kann«, unterbrach ich Noki, die sich wie meine Klassenlehrerin angehört hatte.

Paloma seufzte. »Es liegt am Medikid. Das ist unser Lebenserhaltungssystem. Es funktioniert nur bei intelligenten Wesen. So hat dein Hund bei seiner Heilung ein intelligentes Bewusstsein erhalten.«

Ich sah zu Salami, dessen Zunge fast bis auf die Bettdecke hing. »Du bist jetzt echt intelligent?«

»Wuff. Zumindest weiß ich, dass ich hier nicht in die Ecken pinkeln darf.«

»Wie machst du denn dann – ach, ist ja auch egal«, unterbrach ich mich selbst, ließ mich in die Kissen zurückfallen und schloss die Augen.

»Ich kann mir vorstellen, dass das alles für einen Menschen schwer zu begreifen ist«, drang Palomas Stimme zu mir durch. »Vielleicht kannst du nun besser verstehen, warum wir die Erde noch nicht in die IU aufnehmen können.«

Ich öffnete die Augen und betrachtete meinen Freund, der wiederum mich mit seinen treuen Hundeaugen musterte. Ich spürte, wie der Schreck über Salamis Meta-Dings langsam verflog und der Freude darüber Platz machte, dass er noch lebte. Dass er nun auch noch mit mir reden konnte, machte ihn zu dem wahrscheinlich coolsten Hund der Welt. Ich hob meinen Arm und kraulte ihn hinter seinen Ohren.

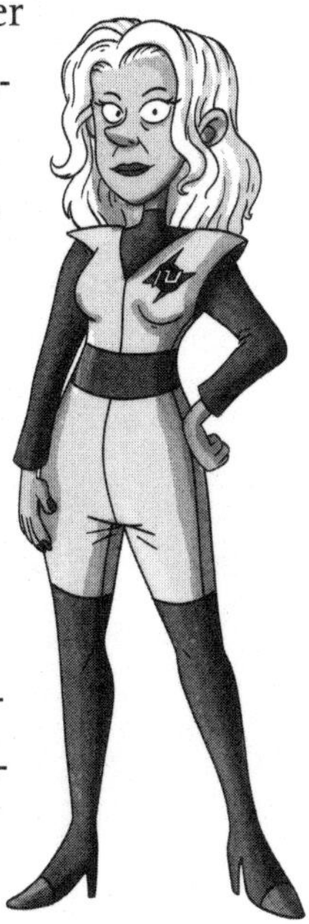


»Mmh!«, brummte er. »Das mag ich!«

»Darf er bei mir bleiben?«, fragte ich meine Großmutter.

»Sicher, aber er kann auch seine eigene Gästekabine haben.«

»Ich will lieber bei Tom schlafen«, widersprach Salami gleich. »Ein Rudel bleibt schließlich immer zusammen. Stimmt's, Tom?«

»Wuff!«, gab ich ihm grinsend recht.

Meine Großmutter erhob sich. »Gut, dann lassen wir euch jetzt allein«, sagte sie mit einem auffordernden Blick in Richtung Noki. Die erhob sich nur zögernd und sah einen Augenblick so aus, als wollte sie widersprechen. Dann nickte sie jedoch.

»Schlaft euch erst einmal aus. Salami muss sich von seiner Heilung erholen und du …«

»Von allem anderen«, ergänzte ich, wobei ich bereits ein Gähnen unterdrücken musste.

Kaum hatten sich Paloma und Noki erhoben, sprang Salami auf das Bett und kuschelte sich an mich.

»Darf ich ihn morgen früh abholen?«, fragte Noki, während sie das Schlafzimmer verließen.

»Woher wisst ihr, wann es hier morgens oder abends ist?«

Leider hab ich nicht mehr mitbekommen, ob Noki oder Paloma auf meine Frage geantwortet haben, denn da war ich schon eingeschlafen.

»Tom! Tom! Aufwachen!«

Nur mit Mühe gelang es mir, meine Augen zu öffnen. Salami saß vor mir auf dem Bett und hatte den Kopf schiefgelegt.

»Wie spät ist es?«, wollte ich stöhnend wissen und erkannte gleichzeitig, dass das wahrscheinlich die dämlichste Frage war, die man einem Hund stellen konnte.

»Das weiß ich nicht«, antwortete Salami dann auch. »Es gibt hier keine Uhr.«

Mit einem Schlag war ich wach. »Sag bloß, du kannst die Uhr lesen?«

»Warum sollte ich das nicht können? Aber viel wichtiger: Du solltest jetzt aufstehen. Das Mädchen war schon zweimal hier und wollte uns zum Frühstück holen. Sie ist aber gleich wieder gegangen, als sie gesehen hat, dass du noch schläfst.«

»Das Mädchen? Du meinst Noki?«

»Gibt es denn noch mehr Mädchen hier?«, fragte mein Hund zurück. »Auf jeden Fall musste ich dich jetzt wecken, weil ich sonst nämlich verhungern würde. Wuff.«

Ich schubste Salami grinsend von der Bettkante, stand auf und reckte mich. »Alles klar, Kumpel. Das kann ich natürlich nicht zulassen.«

Als ich geduscht und angezogen ins Wohnzimmer kam, saß Noki in ihrer weißen Kadettenuniform auf einem der Sessel und kraulte Salami mit beiden Händen hinter den Ohren. Der hatte die Augen geschlossen und gab wohlig brummende Geräusche von sich.

»Das ist lustig«, sagte sie mit einem Lächeln, das ihre schneeweißen Zähne aufblitzen ließ.

»Finde ich auch. Wuff.«

»Ich denke, du hast Hunger?«

Salami riss seine Augen auf. »Oh, ja! Großen Hunger!«

Noki erhob sich. »Dann bringe ich euch zu Kitty.«

»Kitty?«, fragten Salami und ich gleichzeitig.

Dieses Mal war ihr Lächeln eher ein Grinsen. »Lasst euch überraschen.«

Auf dem Weg durch den Kabinengang konnte ich meinen Blick nicht von der Uniform lassen. Wenn ich schon einmal hier war, könnte ich doch auch zu einem Raumpiloten ausgebildet werden. Vielleicht sollte ich meine Großmutter danach fragen.

Gerade stellte ich mir vor, wie ich zwischen den Sternen herumdüste, da fragte Noki völlig unvermittelt: »Warum schaust du mich so an? Findest du mich auch so süß wie ich dich?«

Ich blieb stehen. »Bitte hör auf damit!«, wiegelte ich ab.

»Aber warum denn? Ich kann doch nichts dafür, dass ich dich süß finde.«

»Ich will das aber nicht!«, rief ich verlegen, vergrub meine Hände in den Hosentaschen und stiefelte weiter auf das Ding zu, von dem ich immer noch nicht wusste, ob es tatsächlich ein Aufzug war.

Mit zwei Sprüngen war Salami neben mir. »Und warum willst du das nicht, Tom? Sie ist ein Mädchen und du bist ein Junge. Ich wäre froh, wenn es hier ein Hundemädchen gäbe. Am liebsten ein Pudelmädchen. Die riechen immer so gut am …«

»Das will ich gar nicht so genau wissen!«, unterbrach ich ihn.

Während wir schweigend nebeneinander in der Aufzugkabine standen, musste ich daran denken, dass ich vor zwei Tagen noch über einer Mathearbeit gebrütet hatte. Und nun befand ich mich in einem Raumschiff hinter dem Mars, redete mit einem Hund über Pudelmädchen, während mich ein Mädchen, das ein halber Roboter war, *süß* fand!

Wie immer dauerte die Fahrt, oder was es auch war, nicht lange. Die Tür öffnete sich zu einem Raum, der eine Wohnküche auf der Erde hätte sein können. An einer Wand war eine Einbauküche angebracht, während sich ihr gegenüber ein Tisch mit Sesseln darum befand. Er glich dem Tisch auf der Brücke mit dem Kaktus darauf.

Noki deutete auf die Einbauküche. »Das ist Kitty.«

»Mein korrekter Name ist 437 KB Veg Psi«, erwiderte die Einbauküche. »Darauf habe ich dich bereits mehrfach hingewiesen, 798 SP Emo Alpha.«

Eigentlich hätte ich jetzt überrascht sein müssen, aber zu meiner eigenen Verwunderung war ich es nicht. Offensichtlich gewöhnte ich mich an die unglaublichen Sachen, die mir seit meiner ersten Begegnung mit meiner Großmutter passierten.

»Künstliche Intelligenz?«, fragte ich Noki deshalb nur.

»Die nickte. Genauer gesagt ein Replikator. Sie ist für unsere Speisen zuständig. Ihr könnt ihr einfach sagen, was ihr wollt.«

»Salami! Viel Salami!«, brüllte mein Hund in einer Lautstärke, dass ich vor Schreck zusammenzuckte.

»Salami ist eine irdische Speise mit hohem Natriumgehalt. Der Gesundheitskoeffizient liegt unter null Komma eins. Abgelehnt.«

Salami legte den Kopf schief und sah erst Kitty und dann mich an. »Was meint sie damit?«

»Du kriegst keine Salami«, übersetzte ich.

»Was?«, rief mein Freund empört und ich hörte ihn zum ersten Mal knurren, was ausgesprochen bedrohlich klang.

»Diese Aussage ist korrekt«, ertönte Kittys Stimme.

»Es tut mir leid«, sagte Noki. »Sie wurde darauf programmiert, die Crew des Raumschiffs mit gesundem Essen zu versorgen.«

Was das bedeutete, erfuhren Salami und ich wenig später, als wir mit langen Gesichtern vor unseren Tellern saßen. Das, was Kitty uns als Frühstück genehmigt hatte, mochte vielleicht gesund sein, aber es schmeckte wie gekochte Socken.

Irgendwie schafften wir es, unser Frühstück hinunterzuwürgen. Das lag nicht zuletzt daran, dass Noki uns zur Eile antrieb.

»Wir haben nicht mehr viel Zeit, weil du so lange geschlafen hast«, maulte sie noch, als wir unsere Teller bei Kitty abstellten, die sich höflich bedankte.

»Warum hast du es so eilig?«, wollte ich wissen.

»Ich muss auf die Brücke. Wir bereiten den Sprung durch den Hyperraum vor und ich darf zum ersten Mal dabei sein!«, antwortete sie mit leuchtenden Augen.

»Cool«, sagte ich nur und musste mir eingestehen, dass ich ein wenig neidisch auf sie war.

Auf dem Weg zur Brücke, die wir ausnahmsweise nicht in dem seltsamen Aufzug, sondern zu Fuß zurücklegten, musste ich immer wieder aufpassen, nicht über die überall herumflitzenden »Bots« zu stolpern. Es gab sie in allen Größen und Formen: groß und klein, lang und breit, hoch und flach. Einige fuhren auf Rädern, andere huschten geräuschlos wie Schlangen über den Boden. Die meisten waren mit irgendwelchen Werkzeugen, Antennen oder Geräten bestückt, von denen ich nicht die geringste Ahnung hatte, wozu sie gut sein sollten. Eines war jedoch allen gemeinsam: An ihrer Vorderseite glühten zwei rote Lichter, die fast wie Monsteraugen aussahen und die herumwuselnden Bots irgendwie unheimlich erscheinen ließen.

»Wir sind gleich da. Hoffentlich kommen wir nicht zu spät«, rief uns Noki zu, die auf dem Weg zur Brücke immer schneller geworden war und nun ein ganzes Stück vor uns herlief. Da sie sich über ihre Schulter zu uns umgeblickt hatte, wäre sie fast mit Jack dem Gartenzwerg zusammengestoßen.

»Mast- und Schotbruch!«, grollte der sie an. »Noki! Wo hast du gesteckt, zum Klabautermann! Wir warten auf dich!«

»Es ist meine Schuld! Ich habe zu lange geschlafen!«, kam ich Noki zu Hilfe. Im selben Augenblick bereute ich es fast schon wieder, denn ihr ausgesprochen dankbarer Blick würde mir sicher wieder einige »süße« Sprüche einbringen.

»Dann beeilt euch aber jetzt. Potzblitz!«, brummte Jack

schon etwas freundlicher. »Bevor die Kommandantin wütend wird, denn das möchtest du nicht erleben, Leichtmatrose!«

»Sind Sie eigentlich ein Seemann?«, fragte ich ihn, um ihn wieder etwas milder zu stimmen.

Prompt donnerte bei seiner Antwort die Lawine noch ein weiteres Stück den Berg herunter. »Nicht wirklich. Aber ich wäre gern einer – wie die in den Filmen, die Paloma von der Erde mitbringt. Die lieben wir, denn in der IU gibt es diese Art der Unterhaltung nicht. Wir sehen sie uns in jeder freien Minute an. Ich mag besonders Piratenfilme. *Fluch der Karibik* ist mir dabei am liebsten! Den habe ich sicher schon hundertmal gesehen!«

Ich nickte nur und konnte mir denken, warum sie den kleinen Mann ausgerechnet »Jack« nannten.

»Schaust du dir eigentlich auch gern Filme an?«, fragte ich Noki so leise, dass Jack es nicht hören konnte.

Sie nickte, lächelte mich an und antwortete mit einem Seufzer: »Ja. Aber nur Liebesfilme!«

Nun war mir einiges klar und ich nahm mir vor, sie zu überreden, sich lieber Krimis, Western oder Science-Fiction-Filme anzuschauen.

Als wir die Brücke erreichten, hatte sich dort einiges verändert. Auf der einen Hälfte der Monitore waren Zeichen, Kurven oder seltsame Figuren abgebildet, von denen ich nicht annährend hätte sagen können, was sie bedeuteten. Die andere Hälfte der Monitore war zu einem einzigen Bildschirm zusammengeschaltet und der ließ einen Blick auf den Sternenhimmel zu, der mir den Atem verschlug und mich an einen Spruch aus einer Fernsehserie denken ließ: die unendliche Weite des Weltraums!

Paloma saß vor einer der Blitzkugeln und begrüßte uns mit einem nicht sehr freundlichen Blick. »Das wurde aber auch Zeit!« Damit wies sie mit dem Kopf auf den Platz neben sich.

Noki murmelte eine kaum hörbare Entschuldigung, huschte auf den Sessel neben Palomas und umfasste die Blitzkugel mit beiden Händen.

Meine Großmutter wandte sich noch einmal an Salami und mich. »Wir bereiten jetzt den Sprung in den Hyperraum vor. Das ist nicht ganz einfach und erfordert unsere volle Konzentration, also verhaltet euch bitte ruhig.«

Ich nickte brav und stellte zu meiner Überraschung fest, dass Salami das auch tat. In dem Augenblick, als Paloma sich wieder ihrem Monitor widmete, entdeckte ich den Kaktus auf dem Tisch. Als er sich in meine Richtung verbeugte, konnte ich einen leisen überraschten Ausruf nicht verhindern.

Paloma fuhr zu mir herum. »Ich habe doch gerade gesagt, du sollst ruhig sein, Tom!«

»Aber der Kaktus hat sich verbeugt«, flüsterte ich Jack zu, der mittlerweile auch die Brücke betreten hatte.

»Das ist Cham, unser Navigator«, erklärte Jack erstaun-

lich leise, während Paloma und Noki mit ihren Monitoren beschäftigt waren. »Er stammt vom Planeten Choas. Dort verändern sich die Umweltbedingungen so schnell, dass sich seine Bewohner immer anpassen mussten. Das hat im Laufe ihrer Entwicklung dazu geführt, dass sie Gestaltwandler wurden.«

»Gestaltwandler? Was ist das denn?«, unterbrach ich ihn ebenso leise.

»Sie können sich in jede beliebige Gestalt verwandeln. Du hast ihn schon als irdischen Arzt kennengelernt. Wahrscheinlich wollte er damit erreichen, dass du Vertrauen zu ihm hast.«

»Kann er sich auch in eine Salami verwandeln?«, wollte mein Zottelhund wissen, wobei Sabber auf den Boden tropfte.

»Nein, nur in Lebewesen. Cham sind Pflanzen am liebsten. Darum steht er meistens als Kaktus irgendwo herum.«

»Muss man ihn auch gießen?«, fragte ich, worauf Salami in ein gurgelndes Hundelachen ausbrach.

Paloma fuhr herum. »Könnt ihr nun endlich mit dem Geplapper aufhören? Nimm bitte deine Position ein, Jack! Und Cham, könntest du freundlicherweise auch deinen Job machen?«

Nun verbeugte sich der Kaktus in ihre Richtung, um einen Wimpernschlag später als Pudel auf dem Tisch zu stehen.

Salami gab ein Geräusch zwischen Winseln und Bellen von sich, während er schwanzwedelnd in Richtung Tisch raste. In dem Augenblick verwandelte sich der Pudel wieder in einen Kaktus, was dazu führte, dass Salami dessen Stacheln zu spüren bekam und laut aufjaulte.

»Er hat einen etwas seltsamen Humor!«, brummte Jack und tätschelte Salamis Kopf. Dann ging er zu den beiden großen Blitzkugeln, stellte sich zwischen sie und legte jeweils eine Hand darauf.

»Den Kaktus mag ich nicht«, raunte Salami mir zu, während er mit einer Pfote seine Schnauze rieb.

Ich beugte mich zu ihm hinunter und zog ihm einen Stachel aus der Nase. »Kann ich mir vorstellen.«

»Fertig?«, fragte Paloma dann und sah nacheinander zu Jack, Noki und Cham, der inzwischen in seiner menschlichen Gestalt vor einem der großen Monitore saß. Nachdem alle genickt hatten, legte die Kommandantin beide Hände an ihre Blitzkugel. Im selben Augenblick verschob sich der Sternenhimmel. Das Raumschiff bewegte sich!

Alles lief erstaunlich ruhig, ja fast bedächtig ab. Doch das änderte sich schlagartig, als Noki plötzlich hektisch mit ihrer Blitzkugel hantierte.

»Noki! Lass das!«, brüllten Paloma und Jack gleichzeitig. Das war der Moment, in dem wieder das Summen in meinem Kopf begann. Nur war es dieses Mal viel intensiver als sonst. Es war ein Gefühl, als hätten sich ein Dutzend Bienenschwärme in meinem Kopf eingenistet. Ich schüttelte den Kopf, um es wieder loszuwerden. Wie immer half es nichts. Es wurde sogar noch schlimmer!

Plötzlich jammerte Noki leise auf, dann sackte ihr Körper nach vorn.

»Beim Klabautermann!«, brüllte Jack. »Sie hat sich abgeschaltet!«

## Der Mars kommt näher und Oma wird wütend

Ohne Vorwarnung kippte die Brücke zur Seite.

»Das Schiff bekommt Schräglage!«, schrie meine Großmutter. Ihr Sessel drehte sich unkontrolliert, wodurch sie mit dem Hinterkopf auf die Kante einer Konsole krachte. Mit schmerzverzerrtem Gesicht rutschte sie von ihrem Sitz und rührte sich nicht mehr. Sie war ohnmächtig!

»Oma!«, rief ich, ohne nachzudenken. Zu mehr kam ich nicht, denn ich flog quer durch den Raum. Irgendwie schaffte ich es, mich festzuhalten. Salami hatte nicht so viel Glück. Er rutschte über den Boden und landete dieses Mal mit seinem Hinterteil in Chams Stacheln, was ihn laut aufjaulen ließ. Ich fragte mich, warum er sich wieder in einen Kaktus verwandelt hatte, anstatt zu versuchen, das Schiff zu retten.

Jack versuchte dagegen verzweifelt, sich zu den großen Blitzkugeln vorzukämpfen, die er eben noch umklammert hatte und die sich nun auf der anderen Seite der Brücke befanden.

Mein Blick fiel auf den großen Monitor. Mit Entsetzen stellte ich fest, dass die Oberfläche des Mars immer näher kam.

»Wir kollidieren mit dem Mars!«, schrie ich, vielmehr wollte ich schreien, aber ich brachte keinen einzigen Ton heraus. Stattdessen hörte ich diese Stimme in meinem Kopf, diesmal klar und deutlich. Es war die Stimme einer Frau!

»Noch eine Minute und fünfzig Sekunden bis zur Kollision mit der Marsoberfläche. Bitte übernehmen Sie die Position der Kommandantin.«

»Wer ist das? Wer redet da mit mir?«, rief ich in das Chaos auf der Brücke hinein.

»Ich bin die Steuereinheit der Galaktika. Noch eine Minute und dreißig Sekunden bis zur Kollision mit der Marsoberfläche. Bitte übernehmen Sie die Position der Kommandantin.«

*Wie soll ich das denn machen?*, wollte ich fragen, doch ich dachte es nur.

Offensichtlich genügte es, denn die Stimme antwortete mir: »Bitte reduzieren Sie das Antigrav-System auf neunzig Prozent. Dann aktivieren Sie den Horizontalstabilisator und bringen den Hyperantrieb ins Gleichgewicht.«

*Und wie genau geht das?,* dachte ich.

»Die Monitore zeigen Ihnen die notwendigen Daten.«

*Die Monitore?* Langsam wurde ich panisch *Da verstehe ich doch gar kein …* Weiter kam ich nicht, denn mein Blick fiel auf die Zeichen und Abbildungen und auf einmal verstand ich sie! Gleichzeitig wusste ich auch, was diese seltsame Stimme in meinem Kopf gemeint hatte. Ich musste die Gravitation erhöhen, also das Schiff in die Waagerechte bringen, damit der Hyperantrieb nicht aus dem Gleichgewicht kam, was dazu führen würde, dass das Schiff explodierte. Doch dazu musste ich an den Galvalink meiner Großmutter, wie die Blitzkugeln in Wirklichkeit hießen, und den hielt sie, trotz ihrer Ohnmacht, immer noch fest umklammert.

Wahrscheinlich hatte ich genau das gedacht, denn die Stimme in meinem Kopf meldete sich wieder. »Es genügt, wenn Sie es sich vorstellen.«

Ich hatte keine Ahnung, wie das klappen sollte, tat aber genau das, was die Stimme mir vorgeschlagen hatte.

Und was dann geschah, ließ mein Herz bis in den Hals schlagen. Wie von Zauberhand entfernten sich Palomas Hände von dem Galvalink, sodass ich ihn allein mit der Kraft meiner Gedanken in die richtige Position bringen konnte. Gleichzeitig beobachtete ich auf den Monitoren, wie das Antigrav-System herunterfuhr und sich der Stabilisator aktivierte. So konnte ich schließlich die beiden großen Galvalinks des Hyperantriebs wieder ins Gleichgewicht bringen. Und das alles, ohne mich vom Fleck gerührt zu haben!

Ich dachte an meine Zimmertür. Hatte ich sie nicht auch mithilfe meiner Gedanken zuschlagen lassen?

Mit noch immer klopfendem Herzen wandte ich mich dem großen Bildschirm zu und hätte vor Erleichterung am liebsten laut geschrien, als die Brücke und damit das ganze Schiff wieder die waagerechte Position einnahm und sich auch die Marsoberfläche entfernte.

Zu meiner fast noch größeren Erleichterung sah ich dann, dass meine Großmutter sich rührte und sich in ihrem Sessel aufrichtete.

»Was ist passiert?«, fragte sie benommen.

»Ausfall des Stabilisators und Ungleichgewicht im Hyperantrieb«, grollte Jack, der mittlerweile wieder zwischen den großen Galvalinks stand. »Noki hat die Datenübertragung zum Antigrav-System unterbrochen. Dadurch ist der ganze Schlamassel passiert. Sapperlot!«

Paloma fuhr aus ihrem Sessel hoch und sah sich hektisch um. »Ach du liebe Güte. Und?«

»Alles wieder in Ordnung«, beruhigte Jack sie. »Der Stabilisator arbeitet und auch das Hypergleichgewicht ist wiederhergestellt.«

Paloma sah ihn mit offenem Mund an und brachte nur ein Wort heraus: »Wie kann das sein?«

Jack hob seine breiten Schultern. »Keine Ahnung.«

»Es ist einfach passiert«, gab Cham ihm recht, der immer noch als Arzt neben Paloma stand.

»Möglicherweise hat das Steuersystem automatisch reagiert«, vermutete Jack. »Ist eigentlich auch egal. Hauptsache, die Galaktika liegt jetzt nicht als Trümmerhaufen auf dem Mars.«

»Wuff! Das hätte mir auch nicht gefallen«, meldete sich Salami. Er saß unter dem Tisch und zupfte sich mit den Zähnen Kaktusstacheln aus seinem Hinterteil, während er dem nun wieder menschenähnlichen Cham wütende Blicke zuwarf.

Gerade wollte ich ihnen von der Stimme in meinem Kopf berichten, da ließ uns ein leises Wimmern zu Noki herumfahren. Auch sie richtete sich auf, allerdings nur ein wenig. Mit gesenktem Kopf und hängenden Schultern starrte sie auf die Konsole vor sich.

»Was, zum Klabautermann, ist da nur in dich gefahren, Noki?!«, grollte Jack, was sich nun nicht mehr länger wie eine Lawine anhörte, sondern wie der Einsturz eines ganzen Gebirges.

Noki zuckte zusammen, blieb aber stumm.

»Verlasse bitte sofort die Brücke, Noki. Es ist dir nicht erlaubt, sie wieder zu betreten, bis wir entschieden haben, was mit dir geschehen soll«, sagte Paloma viel leiser als Jack, aber nicht weniger bedrohlich.

Ich wollte schon protestieren, ließ es dann aber. Schließlich hatte ihr Fehler tatsächlich fast eine Katastrophe verursacht. Trotzdem tat Noki mir leid, als sie mit gesenktem Kopf auf den Ausgang der Brücke zuschlich. Sie kam so dicht an mir vorbei, dass ich nur den Arm hätte ausstrecken müssen, um sie zu berühren. Aber ich tat es nicht.

Dafür hob sie plötzlich den Kopf und sah mich mit einem Blick an, der mir einen Schreck in die Glieder fahren ließ. Was hatte dieser Blick zu bedeuten? Wusste sie von der Stimme und dem, was mit mir passiert war? Ich würde sie danach fragen, sobald ich die Gelegenheit hatte, allein mit ihr zu sprechen.

Palomas Stimme riss mich aus meinen Gedanken: »Wir verschieben den Sprung. Die Bots sollen prüfen, ob es Schäden am Schiff gibt.«

»Aye, aye, Captain!«, rief Jack und machte sich an einer der Konsolen zu schaffen.

Cham setzte sich auf den Tisch, der, wie die Sessel, offensichtlich am Boden verankert war. Er betrachtete mich mit zusammengezogenen Augenbrauen. Kurz darauf stand er wieder in Gestalt eines Kaktus herum, als wäre nichts geschehen. Dieser Typ konnte einem echt unheimlich werden!

Nun war es Zeit, Paloma zu berichten, was wirklich passiert war. Doch sie ließ mir keine Gelegenheit dazu. »Du gehst bitte auch in deine Kabine, Tom. Warte dort auf mich. Ich komme zu dir, sobald ich kann.«

»Ich gehe gleich«, erwiderte ich. »Vorher muss ich …«

»Nein, das musst du nicht, Tom«, unterbrach meine Großmutter mich. »Du musst nur meinen Befehl befolgen und die Brücke unverzüglich verlassen. Geh bitte, wir sehen uns später.«

»Aber es ist wichtig!«, versuchte ich es noch einmal.

»Habe ich mich vielleicht unklar ausgedrückt, junger Mann? Das war ein Befehl!«, fuhr sie mich so wütend an, dass ich zwei Schritte zurückwich. Was hatte Jack noch gesagt? Ich sollte mir lieber nicht wünschen, Paloma wütend zu erleben. Nun wusste ich, was er gemeint hatte.

Als wir in unserer Kabine angekommen waren, sah Salami mich mit schief gelegtem Kopf an. »Was wolltest du deiner Oma denn so Wichtiges berichten?«

Ich erzählte es ihm und rechnete fest damit, dass er mir nicht glaubte. Schließlich konnte ich ja selbst kaum glauben, was auf der Brücke der Galaktika passiert war.

Doch offensichtlich dachten Hunde etwas anders als Menschen. »Ich glaube, Noki hat recht«, erwiderte er, als ich meinen Bericht beendet hatte.

»Wie meinst du das?«

»Du bist ein total kühler Typ! Wuff!« Damit brach er wieder in ein Hundelachen aus.

»Ha! Ha! Sehr witzig! Außerdem findet sie mich jetzt wohl nicht mehr so cool.«

Salami hörte auf zu lachen. »Wie kommst du darauf?«

»Sie hat mich ganz komisch angesehen, als Paloma sie von der Brücke geschickt hat, genauso wie dieser Cham, bevor er sich wieder in einen Kaktus verwandelt hat.«

»Cham mag ich noch weniger als Katzen«, knurrte Salami. »Und Noki hat vielleicht nur ein schlechtes Gewissen. Schließlich war sie schuld daran, dass wir fast abgestürzt sind.«

»Mmh, ja, kann schon sein.«

Meine Großmutter erschien dann viel früher in meiner Kabine, als ich erwartet hatte. Noch mehr überraschte mich allerdings, was sie sagte, als sie mir und Salami gegenüber in meinem Wohnzimmer saß.

»Bitte entschuldige, dass ich dich auf der Brücke so angefahren habe. Es war leider notwendig.«

»Warum?«, fragte ich vorsichtig.

»Damit du mir nicht vor den anderen Besatzungsmitgliedern erzählst, was wirklich passiert ist.«

»Was glaubst du denn, was wirklich passiert ist?«, fragte ich trotzig. So ganz hatte ich ihr den Wutausbruch noch nicht verziehen.

Sie blickte mich lange an, bevor sie antwortete: »Ich *glaube* nicht, sondern ich *weiß*, dass du das Schiff gerettet hast.«

»Wieso – ich meine woher? Warum?«, stammelte ich wie ein Dreijähriger am ersten Tag im Kindergarten.

Paloma holte tief Luft. »Weil du wichtig für die IU bist. Wichtiger, als du dir überhaupt vorstellen kannst.«

# Böse Schleicher und blöde Einbauküchen

»Du willst mich – du machst Witze«, verbesserte ich mich gerade noch rechtzeitig.

Paloma schüttelte den Kopf. »Ich wünschte, es wäre so, aber es ist ernst, sehr ernst sogar.«

»Ich habe doch gleich gesagt, dass du cool bist«, meldete sich Salami neben mir.

Paloma betrachtete ihn nachdenklich und meinte dann: »Ich weiß nicht, ob Salami dabei sein sollte. Was ich dir nun zu sagen habe …«

»Er bleibt hier!«, unterbrach ich sie barsch. »Er ist mein Freund. Vor ihm hab ich keine Geheimnisse!«

Paloma hob die Augenbrauen und eine tiefe Falte bildete sich auf ihrer Stirn. Doch dann lächelte sie.

»Also gut, dann kann er meinetwegen bleiben. Aber nur, wenn er für sich behält, was ich euch jetzt zu berichten habe.«

»Wuff!«

Meiner Großmutter schien das als Bestätigung zu genügen, denn sie nickte, straffte ihren Rücken und sagte dann, wobei sie mich eindringlich ansah: »Für die Regierung der IU bist du nicht einfach nur Tom. Weißt du, wie sie dich nennen?«

Ich zuckte nur mit den Schultern.

Mehr hatte Paloma wohl nicht erwartet, denn sie beantwortete ihre Frage selbst: »Sie nennen dich den *Hoffnungsträger.*«

»Aber jetzt verarschst du mich«, erwiderte ich und hatte nicht die geringste Lust, mich zu verbessern.

Paloma ging nicht darauf ein, sondern fuhr ungerührt fort: »Schon kurz nach deiner Geburt stellten wir fest, dass du telepathische und telekinetische Fähigkeiten hast.«

»Was sind das denn für komische Sachen?«, wollte Salami wissen.

»Tom kann mit seinen Gedanken Dinge beeinflussen, ja sogar Gegenstände bewegen, ohne sie zu berühren. Warum das so ist, wissen wir nicht«, wandte sie sich dann wieder an mich. »Vielleicht hat es damit zu tun, dass du das Kind eines Menschen und einer Windik bist.«

Vor meinem geistigen Auge sah ich, wie sich die Hände meiner Großmutter von dem Galvalink wegbewegten, als ich ihnen gedanklich »befohlen« hatte, genau das zu tun. Mir lief ein kalter Schauer über den Rücken.

»Ist dir auf der Erde noch nicht aufgefallen, dass du diese außergewöhnlichen Fähigkeiten hast?«

»Na ja, wenn ich darüber nachdenke schon. Zumindest manchmal«, antwortete ich zögernd, »aber ich dachte dann immer, das sei – Zufall.«

Meine Großmutter schüttelte den Kopf. »Das war es ganz und gar nicht. Als deine Mutter und ich diese Fähigkeiten an dir entdeckten, hatten wir von der Regierung bereits den Befehl, dich auf der Erde zurückzulassen«, fuhr Paloma fort. »Also haben wir es ihnen erzählt.«

Ich fuhr hoch. »Warum habt ihr das gemacht?«

»Weil wir hofften, die Regierung damit umstimmen und dich mit nach Windik nehmen zu können.«

Das erschien mir wiederum logisch. »Na, aber es hat ja offensichtlich nicht funktioniert.«

Meine Großmutter seufzte. »Leider nicht, ganz im Gegenteil. Nun bestanden sie darauf, dass du auf der Erde bleibst, aber von uns beobachtet wirst. Und zwar so lange, bis du bereit bist, deine Aufgabe zu erfüllen. Sie machten aus dir ein Geheimprojekt und nannten es *Hoffnungsträger.*«

»Jetzt kapiere ich überhaupt nichts mehr.«

Ich muss wohl auch so ausgesehen haben, denn über Palomas Gesicht huschte die Andeutung eines Lächelns. »Das kann ich mir gut vorstellen. Ich habe dir eine wichtige Sache nämlich noch nicht erzählt.«

»*Eine* Sache?«, unterbrach ich sie. »Ich kann schon gar nicht mehr zählen, was du mir alles *nicht* erzählt hast!«

Paloma hob die Hände. »Ja, ja, ich weiß! Aber ich hatte meine Gründe. Das musst du mir glauben.«

»Schon gut«, lenkte ich seufzend ein. »Was ist das denn für eine Sache?«

Paloma war deutlich anzusehen, wie sie mit sich kämpfte. Dann sagte sie: »Versuche es.«

»Was meinst du?«

»Versuch, eine Sache mit deinen Gedanken zu bewegen.«

»Jetzt?«, fragte ich verdattert.

Meine Großmutter nickte nur, während mir der Gedanke kam, dass ich ja nicht nur eine Sache bewegen könnte. Schließlich hatte ich mir eine kleine Rache verdient. Ich schloss die Augen und stellte mir meine Großmutter über ihrem Sitz schwebend vor.

»Tom!«, schrie sie auf. »Lass mich sofort wieder runter!«

Als ich die Augen öffnete, sah ich sie noch auf ihren Sessel plumpsen, während Salamis Hundelachen ertönte. Es ging in ein Juchzen über, als ich ihn wie einen Brummkreisel über den Fußboden rotieren ließ.

»Wuff! Das macht Spaß! Noch mal!«

Paloma blickte erst ihn, dann mich mit zusammengezogenen Augenbrauen an. »Na schön, ihr Kindsköpfe. Dann üben wir halt gleich richtig. Tom, bitte nimm Kontakt zur Steuereinheit der Galaktika auf.«

Sie klang dabei so ernst, dass ich nicht widersprach, sondern erneut die Augen schloss.

*Steuereinheit der Galaktika?,* fragte ich in Gedanken.

»Hier ist die Steuereinheit«, erklang die Stimme in meinem Kopf, die ich schon auf der Brücke gehört hatte. Gleichzeitig nistete sich wieder der Bienenschwarm in meinem Kopf ein. »Mein Status ist Stand-by«, fuhr die Stimme fort. »Wollen Sie meinen Status ändern?«

»Und?«, hörte ich meine Großmutter fragen.

»Sie will wissen, ob ich ihren Status ändern soll.«

»Sag – ich meine, denke Nein!«

Ich tat es und öffnete die Augen. Das Summen in meinem Kopf wurde leiser, verschwand aber leider nicht ganz.

Ich rieb mit den Handflächen meine Schläfen. »Warum sollte ich das machen?«

»Weil ich dir zeigen wollte, dass du dieses Schiff allein mit deinen Gedanken steuern kannst.«

Ich riss die Augen auf. »Echt? Und darum bin ich der …«

»Hoffnungsträger. Ja«, unterbrach Paloma mich.

»Aber warum?«

Wieder zögerte sie, bevor sie antwortete: »Die Bewohner der IU und auch ihre Regierung lieben den Frieden über alles.«

»Aber?«, fragte ich sie, als sie nicht weitersprach.

»Aber das schützt sie nicht vor Wesen, die nicht so friedlich eingestellt sind.«

»Heißt das, ihr wurdet angegriffen?«, fuhr ich dazwischen.

»Das werden wir immer noch. Wir nennen sie die Schleicher, weil sie sich auf eine seltsam schleichende Art fortbewegen. Unser Geheimdienst hat mittlerweile erfahren, dass ihre Welt Grusaa heißt und mehrere Millionen Lichtjahre von der IU entfernt ist. Selbst mit unserem Hyperantrieb würde es viele Hundert Jahre dauern, dorthin zu kommen.«

»Und wie gelangen sie dann zu euch?«, stellte Salami die offensichtliche Frage.

»Durch ein Wurmloch.«

»Die gibt es tatsächlich?«, rief ich.

Paloma nickte. »Sie können es sogar künstlich erzeugen. Ganz in der Nähe der IU haben sie einen gigantischen Generator stationiert, der das Wurmloch generiert. So kommen immer wieder Weltraumschiffe der Schleicher in die IU, um uns anzugreifen.«

»Dann macht das Ding doch einfach kaputt«, schlug Salami vor. Plötzlich hob er den Kopf und seine Augen wurden immer größer. »Ich rieche – ich rieche – ein Pudelmädchen!«

Mit diesen Worten sprang er auf und raste auf die Tür der Kabine zu. Ohne zu überlegen rannte ich ihm hinterher.

Auch Paloma war aufgestanden, blieb aber wo sie war. »Tom! Salami! Bleibt hier, zum Donnerwetter!«

Inzwischen waren Salami und ich an der Tür angekommen. »Bitte, Tom! Lass mich raus!«

Ich seufzte und öffnete die Tür. »Meinetwegen. Aber bestimmt täuschst du dich. Wie soll denn ein Pudelmädchen …«

Weiter kam ich nicht, denn vor uns stand tatsächlich ein schneeweißer Pudel und betrachtete mich mit schief gelegtem Kopf.

»Cham«, dröhnte die Stimme meiner Großmutter hinter uns. »Was soll das?«

Das Pudelmädchen zuckte zusammen und einen Wimpernschlag später stand der Arzt im weißen Kittel vor uns. »Kommandantin! Ich wusste nicht, dass Ihr hier seid!«

»Und warum bist du hier?«, fragte Paloma mit zusammengekniffenen Augen.

»Ich … ich dachte, der Hund braucht vielleicht eine kleine Abwechslung.«

»Guter Plan! Guter Plan«, rief Salami hechelnd. »Aber schwarze Pudel mag ich lieber. Es wäre sehr freundlich …«

»Cham! Zurück auf die Brücke!«, unterbrach Paloma meinen schwanzwedelnden Freund. »Und du schließ die Tür, Tom!«

Da der Befehlston meiner Großmutter keinen Widerspruch zuließ, gehorchte ich ihr, erkannte aber noch, bevor die Tür sich schloss, dass Cham mich wieder mit diesem seltsamen Blick betrachtete.

Paloma ließ sich kopfschüttelnd in den Sessel fallen. »Diese Choassi sind wirklich ein seltsames Volk.«

»Nicht, wenn sie Pudelmädchen sind«, brummte Salami neben mir und rollte sich auf dem Boden zusammen.

Meine Großmutter fasste sich an die Schläfen, als wollte sie sich konzentrieren. »Also, wo waren wir?«

»Wir wollten wissen, warum ihr diesen Wurmlochgenerator nicht einfach zerstört«, erinnerte ich sie.

Paloma seufzte. »Das würden wir gern, und wir wissen sogar wie. Es wäre gar nicht so schwierig, wenn der Generator nicht von einem Kraftfeld geschützt wäre. All unsere Versuche, das Feld zu durchdringen, sind jedoch fehlgeschlagen. Nun will die Regierung die Schleicher zu einer letzten großen Raumschlacht herausfordern, bei der sie hofft, die Flotte der Schleicher zu vernichten.«

»Das ist aber nicht sehr friedlich«, warf Salami ein. Er war offensichtlich noch beleidigt, dass Paloma ihm den Spaß mit dem Pudelmädchen verdorben hatte.

Paloma verzog ihr Gesicht zu einem verlegenen Lächeln. »Das ist uns bewusst, aber die Schleicher lassen uns keine andere Wahl. Außerdem sollen unsere Schiffe nicht von Piloten an Bord gesteuert werden, sondern aus sicherer Entfernung – und zwar von dir.«

Ich sprang auf. »Sag, dass das nicht wahr ist? Das kann ich nicht und das will ich auch nicht!«

Paloma hob die Hände. »Das sollst du auch nicht, jedenfalls

jetzt noch nicht. Eigentlich solltest du auf der Erde bleiben, bis du erwachsen bist. Dann erst wollte dich die Regierung holen, um dich auszubilden. Bis dahin hatte die Regierung vor, die Schleicher mit Ablenkungsmanövern hinzuhalten.«

»Und warum bin ich jetzt schon hier?«

Meine Großmutter verzog das Gesicht. »Das war meine Entscheidung.« Dann sah sie zu Salami. »Und er ist der Grund.«

»Wuff?«

»Mir war klar, dass es meine Schuld war, dass du angefahren wurdest. Also musste ich sehr schnell eine Entscheidung treffen und ich habe mich entschlossen, dich zu retten und euch beide mitzunehmen.«

»Puh, o.k. Das war eine gute Entscheidung. Wuff! Auch wenn es hier keine Salami gibt.«

Gegen meinen Willen musste ich lachen. »Du denkst wirklich nur ans Futtern!« Dann wurde ich wieder ernst. »Wie geht es denn jetzt weiter?«

Paloma hob die Schultern. »Wenn ich das wüsste ... Die Besatzung hat keine Ahnung davon, welche Bedeutung du für die IU hast, und das muss auch so bleiben. Ich will dich und Salami wohlbehalten nach Windik bringen.«

»Und dann?«

»Dann muss ich der Regierung wohl die Wahrheit sagen und hoffen, dass sie erlaubt, euch bei uns zu behalten.«

»Bei uns?«, fragte ich dazwischen. »Heißt das bei dir und …«

»Und bei deiner Mutter. Sie weiß übrigens auch noch nicht, dass du mit mir auf diesem Schiff bist. Ich kann sie auf dem Forschungsschiff, auf das sie versetzt wurde, erst erreichen, wenn wir in der IU sind.«

Mit einem Schlag war ich Paloma sogar dankbar. Sie hatte meinem Freund das Leben gerettet und versuchte mich zu beschützen.

»Also sind wir uns einig«, sagte sie, während sie aufstand. »Das, was ich euch gerade erzählt habe, bleibt unter uns.«

Gleichzeitig nickten Salami und ich. Mit einem gebrummten »Dann ist ja alles klar« verließ sie unsere Kabine.

»Ich wusste doch, dass Noki recht hat. Du bist ein cooler Typ«, sagte Salami, kaum dass die Tür unserer Kabine ins Schloss gefallen war.

»Nun hör schon auf damit!«, stöhnte ich.

»Ich möchte dich doch nur ablenken. Damit du an etwas anderes denkst als an die bösen Schleicher und den Krieg zwischen den Sternen.«

Ich beugte mich zu ihm hinunter und kraulte seine Ohren. »Du bist ein echter Freund. Hast du eigentlich keinen Hunger?«

»Ich hab doch immer Hunger!«

»Dann lass uns zu Kitty gehen. Vielleicht kannst du sie ja überreden, dir doch Salami zu machen.«

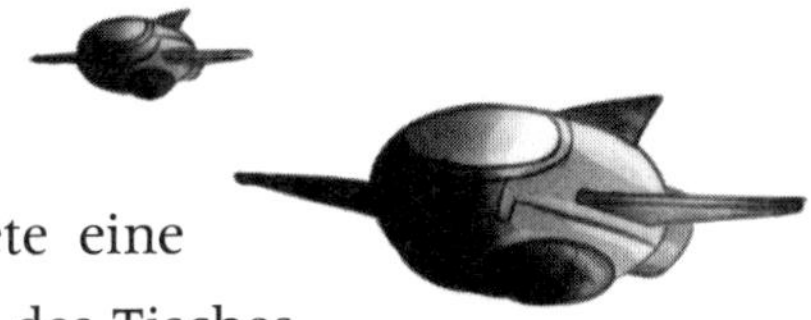

»Gute Idee! Wuff!«

Im Speiseraum der Galaktika wartete eine Überraschung auf uns. An einem Ende des Tisches stand ein Kaktus, während Noki am anderen Ende mit finsterer Miene in einem undefinierbaren Essen herumstocherte.

»Ist das Cham?«, raunte Salami mir zu. »Was frisst denn ein Kaktus?«

»Vielleicht lässt er sich ja von Kitty wässern«, erwiderte ich. »Oder es ist wirklich einfach nur ein Kaktus.«

Offensichtlich hatte Noki unsere Unterhaltung gehört, denn sie hob kurz den Blick, senkte ihn dann aber gleich wieder.

Ich setzte mich ihr gegenüber, während Salami mit aufgestellten Ohren auf Kitty zutrabte.

»Hi, Noki, wie geht's dir?«, versuchte ich vorsichtig ein Gespräch zu beginnen.

»Hallo. Geht so«, antwortete sie, ohne mich dabei anzusehen.

Dann folgte Schweigen, da auch ich nicht mehr wusste, was ich sagen sollte.

»Was darf ich für Sie zubereiten?«, hörte ich in dem Moment Kitty fragen.

»Salami! Wuff!«

»Das ist eine irdische Speise mit hohem Natriumgehalt. Ihr Gesundheitskoeffizient ...«

»Ja, das weiß ich alles schon!«, unterbrach mein Hund sie. »Gibt es denn keine Salami ohne dieses Natri-Dings?«

»Eine solche Speise ist mir nicht bekannt.«

»Blöde Einbauküche«, brummte Salami.

»Eine Speise mit dem Namen *Blöde Einbauküche* ist mir ebenfalls nicht bekannt. Falls Sie mir das Rezept übermitteln, kann ich prüfen, ob der Gesundheitskoeffizient ...«

»Dann gib mir einfach das Zeug von heute Morgen!«, unterbrach Salami sie erneut.

»Algenmus. Sehr wohl.«

Während der Diskussion zwischen Kitty und Salami hatte ich Noki beobachtet. Ich war mir ziemlich sicher, dass sie dabei ein Lächeln nicht hatte unterdrücken können.

Das machte mir Mut, sie zu fragen, was mich seit dem Vorfall auf der Brücke beschäftigte: »Was ist da eigentlich vorhin passiert? Ich meine bei dem Unfall, als du ohnmächtig geworden bist?«

Noki hob den Kopf und betrachtete mich lange mit diesem seltsamen Blick.

»Ich war nicht ohnmächtig«, entgegnete sie schließlich. »Mein Gehirn hat sich abgeschaltet.«

»Abgeschaltet? Aber warum?«

Wieder dauerte es lange, bis sie antwortete: »Deinetwegen.«

# Nerviges Gemüse und eine schlimme Nachricht

Ich dachte, ich höre nicht richtig. »Wieso denn meinetwegen? Ich hab doch gar nichts getan!«

Noki schüttelte den Kopf. »Doch, das hast du. Du weißt es nur nicht.«

»Wie kann ich schuld sein, wenn du dich – abschaltest?«

Noki schaute mich ernst an. »Zuerst war ich nur nervös, weil ich Angst hatte, einen Fehler zu machen – und den habe ich dann auch gemacht. Wahrscheinlich gerade deshalb.«

»Hast du darum so hektisch an dem Galvalink hantiert?«

Sie nickte. »Und dann wollte plötzlich etwas auf

mein Gehirn zugreifen. Je mehr ich mich dagegen gewehrt habe, desto stärker wurde es, bis sich mein Gehirn abgeschaltet hat, um sich zu schützen.«

»Auf dein Gehirn zugreifen?«, fragte ich zögernd.

»Ja! Besser kann ich es nicht ausdrücken. Es war, als wollte jemand in meine Gedanken eindringen!«

Mir lief ein kalter Schauer über den Rücken. »Und wieso denkst du, dass es etwas mit mir zu tun hat?«

»Weil ich, kurz bevor ich ohnmächtig wurde, deine Stimme gehört habe. Ich habe sie genau erkannt.«

Ich schluckte. »Und was habe ich gesagt?«

»Dass ich das Antigrav-System auf neunzig Prozent herunterfahren soll.«

»Wuff!«, meldete sich Salami, der mittlerweile neben mir auf dem Boden lag und eklig grünes Zeug in sich hineinschlabberte.

Ich wusste genau, was er meinte. Sollte ich Noki erzählen, was Paloma mir und Salami verraten hatte? Nein, das durfte ich nicht. Das hätte mir meine Großmutter nie verziehen.

Bevor ich den Gedanken zu Ende gedacht hatte, bemerkte ich aus dem Augenwinkel ein Tier, das einem Kaninchen ähnlich sah und das aus dem Speiseraum hoppelte. Gleichzeitig realisierte ich, dass der Kaktus verschwunden war.

»Das war Cham«, erklärte Noki. »Keine Ahnung, was er hier wollte. Gegessen hat er jedenfalls nichts.«

»Kluges Gemüse«, brummte Salami neben mir.

Ich wandte mich wieder Noki zu und sagte so überzeugend ich konnte: »Keine Ahnung, was du da gehört hast. Bist du sicher, dass es meine Stimme war? Ich weiß doch noch nicht einmal, was ein Antigrav-System ist.«

Noki stand auf. »Ja, vielleicht hast du recht. Auf jeden Fall werde ich jetzt wohl keine Raumpilotin mehr werden.«

Mein schlechtes Gewissen rumorte in meinem Bauch. »Wo willst du denn hin?«

»In meine Kabine.«

»Sollen wir mitkommen?«, fragte ich hastig. »Wir könnten uns einen Film ansehen – meinetwegen auch einen Liebesfilm.«

»Dazu habe ich jetzt keine Lust. Ich möchte lieber allein sein.«

»Ich hätte ihr auch nicht die Wahrheit gesagt«, meldete sich Salami, als Noki außer Hörweite war. »Es ist nicht lustig, deine Großmutter wütend zu erleben.«

»Ich weiß«, erwiderte ich mit einem Seufzer. »Trotzdem sollten wir Paloma erzählen, dass Noki meine Stimme in ihrem Kopf gehört hat.«

»Hast du denn gar keinen Hunger?«, wollte mein Freund wissen.

»Auf das eklige Zeug? Nein danke!« Das war allerdings nicht der einzige Grund, warum ich keinen Appetit hatte.

»Gehen wir lieber auf die Brücke. Vielleicht schaffe ich es ja, allein mit Paloma zu reden.«

Dass ich das vergessen konnte, wusste ich bereits, kaum dass Salami und ich die Brücke betreten hatten.

»Eine Nachricht? Was für eine Nachricht?«, dröhnte uns Palomas Stimme entgegen.

Jacks Gesicht war hinter seinem Rauschebart knallrot angelaufen. »Sapperlot, Captain! Das weiß ich nicht! Sie ist kurz nach dem Zwischenfall abgesendet worden, aber ich habe keine Ahnung, was der Inhalt der Nachricht war oder an wen sie abgeschickt wurde.«

»Ich habe sie abgeschickt.«

Gleichzeitig sahen wir zum Tisch, auf dem gerade noch der Kaktus gestanden hatte. Nun saß nicht wie vorhin ein Kaninchen, sondern ein Kollossianer mit knallroten Haaren darauf.

Jack schrie entsetzt auf. »Mast- und Schotbruch! Hättest du dir keine andere Gestalt aussuchen können, Cham?«

»Mir ist gerade nichts Besseres eingefallen«, entgegnete Cham ruhig.

»Es spielt jetzt auch keine Rolle, welche Gestalt du angenommen hast!«, wetterte Paloma. »Ich will wissen, was das für eine Nachricht war, Cham!«

»Ich habe den Zwischenfall, der die Galaktika fast zum Absturz gebracht hat, an die IU-Regierung gemeldet.«

Paloma rang nach Luft. »Du hast den Zwischenfall an die Regierung gemeldet? Ohne meine Zustimmung?«

Cham ließ sich durch Palomas Wutausbruch nicht im Geringsten beeindrucken. »Ich hielt es für meine Pflicht als Navigator dieses Schiffs.«

»Ob der überhaupt mal wütend werden kann?«, fragte ich leise an Salami gewandt.

»Hast du schon mal einen wütenden Kaktus gesehen?«, erwiderte mein Hund ebenso leise.

Paloma sah ihren Navigator aus schmalen Augen an, dann holte sie tief Luft und seufzte. »Was soll's! Jetzt ist ja ohnehin nichts mehr daran zu ändern.«

»Das ist korrekt, Kommandantin«, erwiderte Cham und stand kurz darauf wieder als Kaktus auf dem Tisch.

»Irgendwann treibt mich dieses Gemüse noch in den Wahnsinn«, brummte Paloma.

»Das habe ich gehört!«, erklang Chams Stimme von irgendwoher.

Meine Großmutter ging nicht darauf ein, sondern fragte Jack: »Hast du alle Berichte von den Bots?«

»Aye, Captain. Es sind keine Schäden zu erkennen. Wir können also springen.«

»Worauf warten wir dann noch? Jeder auf seine Position! Und ihr verhaltet euch diesmal ruhig, bis wir im Hyperraum sind«, kommandierte sie in Salamis und meine Richtung. Offensichtlich hatte meine Großmutter nicht gerade beste Laune.

Wie beim ersten Mal beschäftigte sich Paloma daraufhin intensiv mit der Konsole vor sich und den Daten auf den Monitoren, während Jack sich erneut zwischen die beiden Galvalinks stellte, die den Hyperantrieb steuerten, wie ich ja nun wusste. Das, was ich auf den Bildschirmen sehen konnte, war mir dagegen immer noch ein Rätsel. Ich fragte mich warum. Vielleicht brauchte ich die Steuereinheit der Galaktika als Stimme in meinem Kopf dazu.

Ich erschrak, als ich plötzlich Noki an der Konsole neben Paloma entdeckte. Beim zweiten Hinsehen erkannte ich jedoch, dass dieses Mädchen Noki nur ähnelte. Ein Blick zum Tisch bestätigte meinen Verdacht. Der Kaktus war verschwunden. Neben Paloma saß Cham in einer neuen Gestalt. Entweder er wollte meine Großmutter damit ärgern oder er hatte einen sehr seltsamen Humor.

Nach einigen eher gemurmelten Befehlen und für mich nicht nachvollziehbaren Aktivitäten an den Galvalinks sprang die Galaktika in den Hyperraum. Das war allerdings wesentlich weniger aufregend, als ich mir vorgestellt hatte. Der Sternenhimmel auf dem großen Bildschirm verschwand und machte einem milchigen Grau Platz.

Paloma stand von ihrem Sessel auf. »So! Das wäre geschafft.«

»Das war alles?«, fragte ich und konnte meine Enttäuschung dabei kaum verhehlen.

»Es ist schwieriger, als es aussieht«, entgegnete Paloma.

»Und die Technik, die dafür erforderlich ist, verstehen nur wenige Leute in der IU. Einer davon ist übrigens unser Möchtegern-Pirat hier. Ich bin sehr froh, dass er mit an Bord ist.«

»Aye. Danke, Captain«, brummte Jack verlegen hinter seinem Rauschebart.

»Dann bin ich ja wohl überflüssig«, ertönte die beleidigte Stimme des Mädchens, sprang auf den Tisch und hatte kurz darauf wieder Chams stachlige Kaktus-Gestalt angenommen.

Paloma verdrehte die Augen. »Sieht aus wie ein Kaktus, ist aber empfindlich wie eine Primel.«

»Gehst du in deine Kabine?«, wollte ich wissen, als ich bemerkte, dass Paloma sich auf den Ausgang zubewegte.

Die sah sich zu mir um und nickte. »Ja. Wir sind jetzt eine ganze Weile im Hyperraum unterwegs. Das schaffen Jack und Cham auch ohne mich.«

»Dürfen Salami und ich mitkommen? Ich würde gern mal dein Zimmer sehen«, log ich.

Jack ließ sein dröhnendes Lachen hören. »Die Kajüte unseres Captains ist auf jeden Fall komfortabler als die von Jack Sparrow!«

Meine Großmutter verzog das Gesicht. »Dann lasst uns schnell gehen, bevor Jack noch anfängt, Piratenlieder zu singen.«

*»Rolling home, rolling home, rolling home across the sea«*, schall-

te es von der Brücke, während sich die Tür des Aufzugs hinter uns schloss.

Warum meine Großmutter meine Kabine als »bescheiden« bezeichnet hatte, wurde mir klar, als wir die »Kajüte« meiner Großmutter betraten, wie Jack sie genannt hatte. Wenn ich mich in meiner Kabine wie in einem Luxushotel fühlte, dann glich diese Kabine eher einem Palast. Im Wohnzimmer stand nicht nur eine, sondern gleich mehrere Sitzgruppen mit schweren Sesseln. Die Möbel und die Bilder an den Wänden sahen nicht nur schöner, sondern auch viel teurer aus als in der Gästekabine, und in dem Teppich, der dort ausgelegt war, versank ich bis zu den Knöcheln.

»Warum wolltest du wirklich mit in meine Kabine kommen?«, fragte Paloma unumwunden, kaum hatten wir uns in den großen Sesseln niedergelassen.

Ich nahm mir vor, meine Großmutter niemals zu unterschätzen. »Es geht um Noki«, antwortete ich deshalb ohne Umschweife.

Paloma nickte. »Das dachte ich mir schon. Du magst sie wohl sehr.«

»Darum geht es doch gar nicht«, protestierte ich lauter als beabsichtigt. »Sie hat gestern auf der Brücke wohl meine Stimme in ihrem Kopf gehört und deshalb hat sich ihr Gehirn abgeschaltet. So hat sie es mir jedenfalls erzählt.«

Meine Großmutter sah mich streng an. »Du hast ihr hoffentlich nichts verraten!«

»Nein!«, rief ich gleich und hoffte, dass meine Gesichtsfarbe nicht noch dunkler wurde. Schließlich hatte ich ja überlegt, sie einzuweihen.

»Gut. Das soll auch so bleiben. Niemand sollte vorläufig von deinen Fähigkeiten wissen.«

»Darf Noki trotzdem nicht mehr auf die Brücke?«, fragte ich vorsichtig. »Schließlich war es doch sozusagen meine Schuld, dass sie sich abgeschaltet hat.«

»Na schön. Dann will ich mal nicht so sein. Aber ihre Ausbildung ist erst mal auf Eis gelegt.« Meine Großmutter verzog ihren Mund zu einem, wie ich fand, schelmischen Grinsen. »Du scheinst dich ja sehr um Noki zu sorgen.«

»Ich will nur nicht, dass sie ungerecht behandelt wird«, entgegnete ich und überhörte Salamis Hundelachen.

»Das wird sie auch nicht«, erwiderte Paloma wieder ernst. »Es war ihr Fehler, der das Ganze ausgelöst hat, und es war nicht ihr erster.«

»Musste sie deshalb die Kehrmaschine bedienen, als ich sie bei unserer Ankunft gesehen habe?«, wollte ich wissen.

Paloma nickte. »Sie ist die Erste ihrer Art, die mit Gefühlen ausgestattet wurde – und das ist das Problem.«

»Wieso?«

»Weil sie mehr mit ihren Gefühlen beschäftigt ist als mit ihren Aufgaben.«

»Das hat Tom auch schon mitbekommen«, gluckste Salami.

Paloma klatschte in die Hände. »Dann hätten wir ja so weit alles geklärt. Nun möchte ich mich ausruhen. Wenn wir den Hyperraum verlassen, werde ich der Regierung einiges erklären müssen und dazu muss ich fit sein.«

Gern hätte ich Noki erzählt, dass sie die Brücke wieder betreten durfte, traute mich aber nicht, an ihre Kabinentür zu klopfen. Also entschlossen wir uns, es Paloma gleichzutun und uns während der Reise durch den Hyperraum auszuruhen.

Als wir an der Tür zu meiner Kabine ankamen, dröhnte plötzlich Jacks Stimme durch den Gang. »Sapperlot! Cham! Was machst du denn hier? Fast hätte ich mir deine Stacheln ins Bein gerammt!«

Der Choassi antwortete offensichtlich nicht, denn ich nahm nur noch ein sich entfernendes Grummeln wahr.

»Hast du das auch gehört?«, wollte ich von Salami wissen.

»Wuff. Ich sehe aber niemanden.«

»Ich auch nicht«, erwiderte ich, während ich die Tür zu meiner Kabine öffnete. »Vielleicht ist es ja aus einem der Lautsprecher gekommen.«

Ich hatte keine Ahnung, wie lange ich geschlafen hatte. Jedenfalls lag ich, als ich aufwachte, allein in meinem Bett. Ich vermutete Salami bei Kitty, wo er sich ein gesundes und geschmacksneutrales Frühstück einverleibte.

Dass ich mich getäuscht hatte, erfuhr ich, als ich geduscht und angezogen ins Wohnzimmer kam. Salami lag auf der Couch, den Kopf auf Nokis Schoß, und ließ sich von ihr die Ohren kraulen, wobei er ein wohliges Grunzen von sich gab.

»Wir wollten dich nicht wecken«, begrüßte mich Noki, die nicht ihre Uniform, sondern normale Bordkleidung trug.

»Danke. Wann verlassen wir denn den Hyperraum?«

Noki sah auf ihren Armreif. »Es dauert nicht mehr lange. Wenn du willst, können wir gleich auf die Brücke gehen.«

»Dann weißt du also schon, dass du wieder dorthin darfst?«

Salami hob seinen Kopf. »Ich hab's ihr erzählt. Wuff!«

Noki nickte und lächelte mich an. »Danke, dass du so für mich gekämpft hast.«

»Gekämpft?«, fragte ich verdattert.

»Wie ein Bullterrier!«, rief Salami. »Nur deshalb war seine Großmutter damit einverstanden.« Dann sagte er noch etwas, das allerdings in einem schnaufend-bellenden Lachen unterging.

Ich nahm mir vor, ein ernstes Wort mit meinem Freund zu reden, wenn wir allein waren. Nun warf ich ihm schon einmal einen strengen Blick zu und sagte, bevor es noch peinlicher wurde: »Lasst uns auf die Brücke gehen.«

Dort bot sich uns das gleiche Bild wie vor dem Eintritt in

den Hyperraum. Paloma saß konzentriert vor ihrer Konsole, mit Cham neben ihr, dieses Mal wieder als rothaariger Kolossianer. Jack stand am Hyperantrieb und warf Noki einen bösen Blick zu, sagte aber nichts. Die verzog sich gleich in die hinterste Ecke der Brücke.

»Jetzt bitte Ruhe!«, rief Paloma. »Wir verlassen den Hyperraum in vier, drei, zwei, eins ...«

Mit ihrem letzten Wort verwandelte sich das milchige Grau auf dem Bildschirm in einen Sternenhimmel. Hätte ich nicht gewusst, dass wir eine Strecke von vielen Lichtjahren hinter uns gebracht hatten, hätte ich möglicherweise vermutet, dass wir uns immer noch hinter dem Mars befanden. Für mich sah dieser Sternenhimmel genau gleich aus.

»Zielpunkt erreicht«, ertönte die Stimme meiner Großmutter, als hätte sie meine Gedanken gehört. »Drei Lichtsekunden von Windik entfernt.«

»Captain!«, dröhnte Jacks Stimme durch den Raum. »Ich empfange eine Nachricht von Windik, allerdings ziemlich schwach.«

»Kannst du sie verstärken?«

»Aye!«

Kurz darauf erschien das Bild eines Mannes auf einem der Monitore. Genauer gesagt war nur dessen Kopf zu sehen. Sein Gesicht war sehr schmal, also offensichtlich auch ein Windik.

Bei seinem Anblick ging unübersehbar ein Ruck durch Palomas Körper und mir wurde auch sofort klar warum.

»Herr Minister! Was kann ich für Sie tun?«

»Sei gegrüßt, Paloma«, ertönte die tiefe Stimme auf der Brücke. »Wie war die Reise?«

Paloma räusperte sich. »Interessant. Danke der Nachfrage, Herr Minister.«

»Nun lass endlich dieses blöde Minister-Gerede. Schließlich kennen wir uns schon seit unserer Ausbildung.«

»Wie du wünschst, Gorlan. Warum willst du mich sprechen?«

Dem Gesicht des Ministers war anzusehen, dass er mit sich kämpfte. Dann sagte er leise: »Leider habe ich keine guten Nachrichten. Diese elenden Schleicher haben deine Tochter entführt.«

Augenblicklich wich alle Farbe aus Palomas Gesicht und mein Magen verwandelte sich in einen heißen Klumpen.

»Nadira? Entführt? Aber warum …?«, rief meine Großmutter mit krächzender Stimme.

Wieder zögerte der Minister. Als er dann doch antwortete, bildete sich eine tiefe Falte auf seiner Stirn. »Sie wollen sie nur freilassen, wenn wir ihnen dafür den Hoffnungsträger überlassen.«

# Eine noch schlimmere Nachricht und ein Verräter

Paloma schwankte. Wenn sie nicht gesessen hätte, wäre sie sicher umgefallen.

Ich brauchte einen Augenblick, bis ich begriff, was dieser Minister gerade gesagt hatte. Der Hoffnungsträger war ich! Diese Schleicher, die ich noch nie in meinem Leben gesehen hatte, hatten meine Mutter in ihrer Gewalt und wollten mich gegen sie austauschen! Ich spürte, wie ich zu zittern begann, und mir wurde schlecht.

Bevor Paloma sich wieder gefasst hatte, fuhr der Minister fort: »Abgesehen davon, dass sich der Hoffnungsträger noch auf der Erde befindet, werden wir uns doch nicht erpressen lassen.«

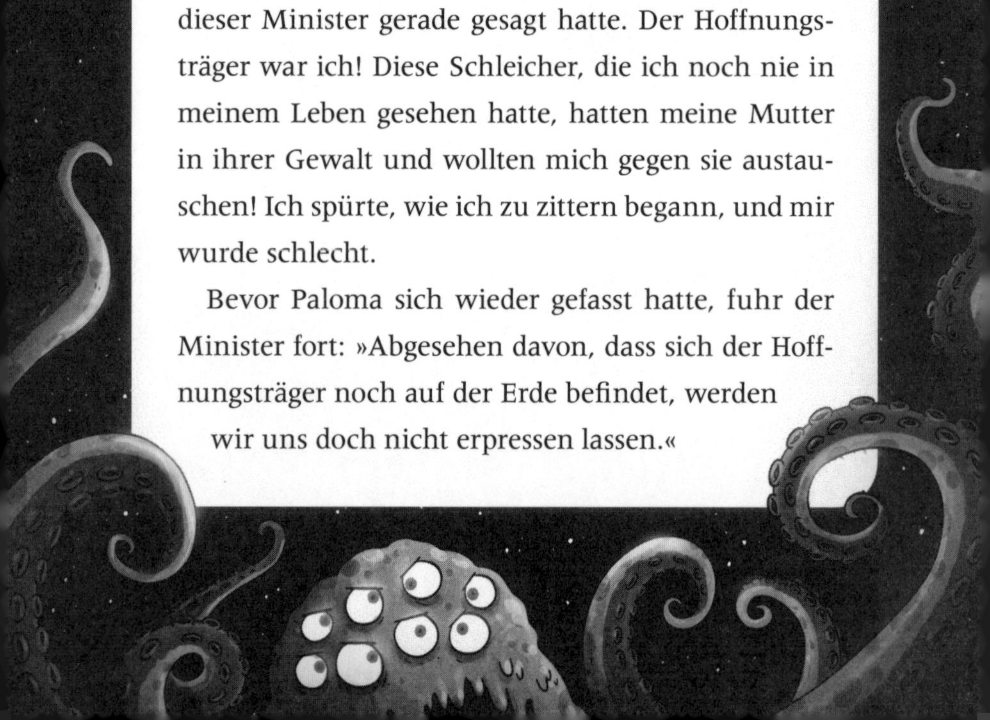

»Und das heißt?«, fragte Paloma mit einem Blick auf mich, wobei sie kaum merklich den Kopf schüttelte. Sie wollte also nicht, dass der Minister von mir erfuhr.

»Es tut mir leid für deine Tochter, Paloma«, antwortete der Minister mit ernstem Gesicht, »aber wir können dem nicht zustimmen.«

»Und wie haben die Schleicher darauf reagiert?«

Der Minister zog ernst seine Augenbrauen zusammen. »Sie wollen uns mit einer großen Flotte angreifen. Soweit wir wissen, sind sie schon auf dem Weg. Wir haben zwar ebenfalls unsere Flotte aktiviert, aber wir erwarten sehr bald eine noch nicht da gewesene erbitterte Schlacht.«

»Die könnte die gesamte IU vernichten …«, rief Paloma.

»Das wissen wir, nur lassen uns die Schleicher keine Wahl. Es tut mir wirklich leid, Paloma.« Damit erlosch das Bild des Ministers.

Kaum war der Monitor schwarz geworden, rief Jack: »Wer zum Klabautermann ist dieser vermaledeite Hoffnungsträger?«

Wieder warf mir Paloma einen prüfenden Blick zu. Ich zuckte mit den Schultern und sie nickte fast gleichzeitig. Dann erfuhren auch Jack, Cham und Noki von meinen Fähigkeiten und dem Plan der Regierung.

»Heißt das, die Regierung will eine Weltraumschlacht und den bevorstehenden Untergang wegen eines Menschenjungen riskieren?«, grollte Jack, als Paloma ihren Bericht beendet hatte. Dabei schaute er jedoch fast entschuldigend zu mir.

»Das sehe ich auch so!«, rief ich ohne nachzudenken, bevor Paloma reagieren konnte. »Ich will nicht, dass meine Mutter auf einen fremden Planeten geschickt wird, wo ich sie niemals wiedersehen werde! Ich will gegen meine Mutter ausgetauscht werden!«

Noch bevor ich das ausgesprochen hatte, wurde mir bewusst, was es bedeutete! Ich wollte mich diesen Schleichern ausliefern, die ausgesprochen furchterregend sein mussten, wenn es stimmte, was ich bisher über sie erfahren hatte.

Wie zur Bestätigung stieß Noki einen heiseren Schrei aus und Salami begann zu knurren.

Jack dagegen betrachtete mich aus seinen dunklen Knopfaugen, bevor er sagte: »Du hast Mut, Leichtmatrose. Respekt!«

Allerdings machte mich das auch nicht zuversichtlicher, dass mein spontaner Vorschlag besonders clever gewesen war.

Aus den Augenwinkeln bemerkte ich, dass sich der Kaktus mir zugewandt hatte. Nur Paloma schien überhaupt nicht mitbekommen zu haben, was ich eben vorgeschlagen hatte. Sie saß auf ihrem Kommandosessel und starrte auf die Konsole vor sich. Sie war bestimmt dagegen und würde es mir sofort wieder ausreden.

»Paloma?«, fragte ich vorsichtig und als sie nicht reagierte: »Großmutter? – Oma?«

In dem Augenblick schreckte sie hoch, als hätte sie einen Stromschlag abbekommen. Sie fuhr herum, allerdings nicht zu mir, sondern zu Jack.

»Ich brauche noch einmal eine Verbindung zu Gorlan – ich meine, zum Minister. Kriegst du das hin?«

»Aye, Captain!«, rief Jack. Ich hätte mich nicht gewundert, wenn er die Hacken dabei zusammengeschlagen hätte.

Kurz darauf erschien erneut das Bild des Ministers auf dem Bildschirm. Er sah aus, als hätte er lange nicht geschlafen und wahrscheinlich war es auch so.

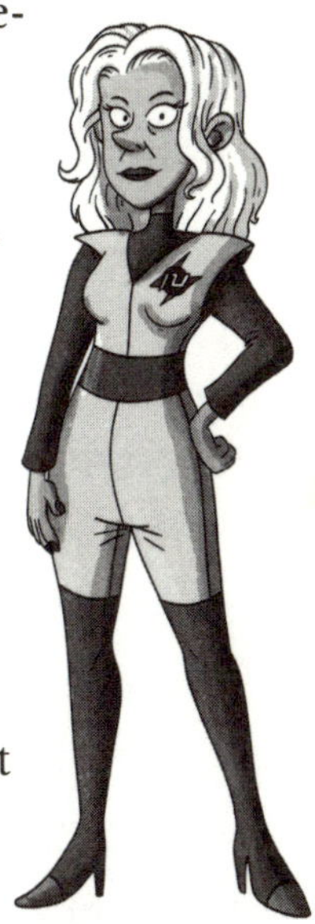

»Ja, Paloma?«, fragte er müde.

»Gorlan, ich hab noch eine Frage: Woher konnten die Schleicher denn vom Hoffnungsträger wissen. Seine Existenz ist doch geheim?«

»Das wüssten wir auch gern«, entgegnete der Minister. »Wir vermuteten zunächst einen Verräter aus dem Geheimdienst, aber dieser Verdacht hat sich nicht bestätigt.«

»Und wann genau ist meine Tochter entführt worden?«, fragte sie unbeirrt weiter.

Der Minister überlegte einen Augenblick. »Vor vier Silken.«

»Das entspricht ungefähr einem Erdentag«, flüsterte Noki mir zu. Sie stand inzwischen neben mir und hatte meine Hand genommen, als wollte sie mich trösten. Seltsamerweise machte es mir nichts aus, es fühlte sich sogar irgendwie gut an.

Meine Großmutter kniff die Augen zusammen und fragte weiter: »Hast du die Nachricht gelesen, die vor fünf Silken von der Galaktika an die Regierung geschickt wurde?«

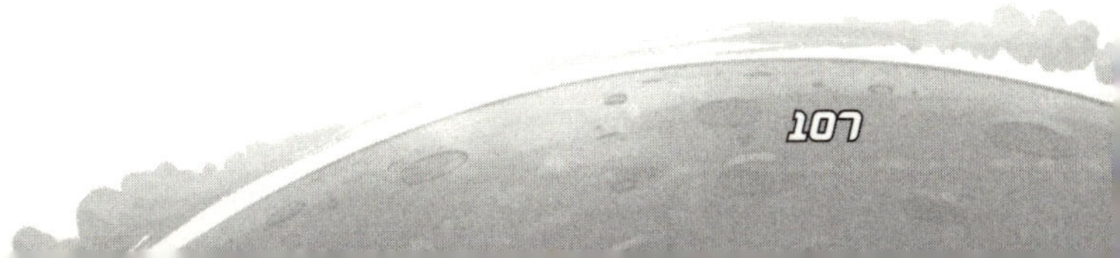

Der Minister zog die Augenbrauen hoch. »Nachricht? Was für eine Nachricht? Wir haben keine Nachricht von euch erhalten. Was sollen diese Fragen, Paloma?«

»Das erkläre ich dir später. Galaktika Ende.« Paloma nickte Jack kurz zu und das verblüffte Ministergesicht verschwand vom Bildschirm.

»Ich versteh das nicht!«, rief ich meiner Großmutter zu. »Was hat diese Nachricht mit der Entführung …«

Mit einer ungeduldigen Handbewegung brachte sie mich zum Schweigen und wandte sich zu Cham um, der wie immer unbeteiligt auf dem Tisch gestanden hatte.

»Nimm bitte eine andere Gestalt an, Cham«, sagte sie leise, dafür aber umso bedrohlicher. »Ich habe keine Lust, mit einem Kaktus über die Entführung meiner Tochter zu reden.«

Wenige Augenblicke später stand ein sehr schlanker Mann vor dem Tisch, der Paloma um einen Kopf überragte. »Was willst du wissen, Kommandantin?«, fragte er mit eingebildet nasaler Stimme, wobei er das letzte Wort seltsam betonte.

»Ich will wissen, was es mit dieser Nachricht auf sich hat, die du versendet hast. An wen ging sie wirklich?«

»Das habe ich doch schon erklärt. Ich habe den Zwischenfall gemeldet und diese Information an die Regierung geschickt.«

»Nur ist eine solche Nachricht eben nicht bei der Regierung angekommen.«

Der dünne Mann zuckte mit den Schultern. »Dann ist sie wohl verloren gegangen.«

Jack machte plötzlich einen Schritt auf Cham zu. »Allmählich verstehe ich, was der Captain meint. Sag die Wahrheit, Cham. Sofort! Was war das für eine Nachricht?« Wieder polterten seine Worte einer Geröll-Lawine gleich aus ihm heraus.

Ohne Vorwarnung verwandelte sich der dünne Mann in eine Art Raubkatze. Sie ließ ihre Fangzähne aufblitzen und setzte zum Sprung in Richtung Paloma an.

Vor Schreck war ich wie gelähmt, im Gegensatz zu Salami. Neben mir erklang ein Knurren, so grollend und bedrohlich, wie ich es noch nie aus seiner Kehle gehört hatte. Mit einem gewaltigen Satz sprang er auf die Raubkatze zu – und landete auf einer Gurke. Die verwandelte sich augenblicklich in einen kleinen Hasen, der in eine Sonnenblume – in einen Kaktus – in einen Pudel – in einen krächzenden Vogel – in einen Blumenkohl – in eine Katze – in eine Maus – und so weiter.

Als mir die immer schneller vor sich gehenden Verwandlungen schon vor den Augen flimmerten, blieb Cham schließlich in der Gestalt eines Huhns stecken.

»Ausgerechnet ein Gack – ein Huhn!«, krächzte das Huhn und legte ein Ei.

»Was war das denn?«, fragte ich atemlos.

Jack betrachtete das Huhn mit einem

breiten Grinsen und antwortete dann: »Das kann passieren, wenn die Choassi sich erschrecken oder sehr aufgeregt sind. Sie können ihre Verwandlungen dann nicht mehr kontrollieren und bleiben schließlich in einer Gestalt stecken. Die werden sie auch für eine ganze Weile nicht mehr los, manchmal viele Silken nicht.«

»Von mir aus für immer«, presste ich zwischen den Zähnen hervor und hätte das blöde Huhn am liebsten an der Gurgel gepackt.

»Wuff! Schade, dass er nicht als Pudeldame stecken geblieben ist«, sagte Salami nun gar nicht mehr wütend, sondern eher enttäuscht.

Paloma baute sich mit in die Hüfte gestemmten Fäusten vor Huhn Cham auf. »Das, was da gerade passiert ist, fasse ich als Geständnis auf. *Du* hast Tom an die Schleicher verraten!«

»Das war kein Gack – kein Geständnis!«, regte sich das Huhn auf. »Weil ich nichts zu Gack – zu gestehen habe!«

»Wenn wir dich dem Geheimdienst ausliefern, wird der schon die Wahrheit aus dir herausholen«, entgegnete meine Großmutter ungerührt.

»Der Gack – Geheimdienst?«, krächzte Cham. »Das kannst du nicht machen!«

»Du würdest dich wundern, was ich alles kann, wenn es um meine Familie geht!«, brüllte Paloma Cham so laut an, dass er vor Schreck noch ein Ei legte.

»Kann jemand mal diese blöden Eier wegschaffen?«, wand-

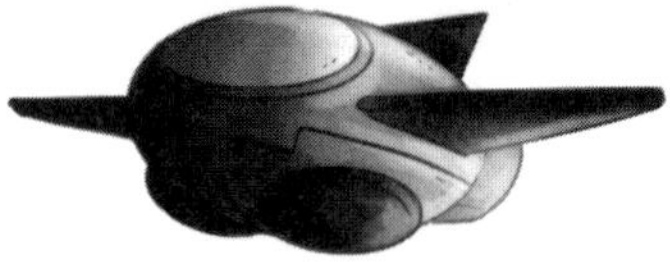

te sie sich an uns, woraufhin Noki sie einsammelte und angewidert betrachtete.

Zum Geheimdienst gebracht zu werden, ist wohl wirklich kein Spaß, denn nun begann Cham plötzlich zu reden.

»Ich habe nur noch kein eigenes Schiff, weil ich ein Gack – ein Choassi bin. Ihr Windiks werdet immer als Schiffskommandanten vorgezogen. Und wir Choassi können als Navigatoren versauern.« Hektisch zupfte sich Cham an den Federn, bevor er weitergackerte: »Irgendwann war ich es leid und bin zu den Schleichern übergelaufen. Als ich dann erfuhr, dass die Gack – die Galaktika zur Erde fliegt, habe ich mich als Navigator gemeldet. Und als dein Enkel dann auch noch das Schiff bei dem Zwischenfall mit seinen Gack – Gedanken gesteuert hat, war mir klar, dass er der Hoffnungsträger sein muss.«

»Woher hattest du überhaupt Kenntnis von dem Hoffnungsträger?«, wollte Paloma wissen.

»Ich habe einen Freund beim Gack – Geheimdienst. Der hatte auch die Information, dass er auf der Erde lebt, aber nicht wer er ist.«

»Dafür wissen es jetzt die Schleicher«, zischte meine Großmutter das Huhn an.

»Gack. Und deshalb bekomme ich das Kommando über eines ihrer Schiffe.«

»Das hättest du wohl gern! Jack, sperr den Verräter in einen Lagerraum, bis wir entschieden haben, wie es mit ihm weitergeht.«

»Aye, Captain!« Der Kolossianer hob den scharrenden Cham vom Boden auf und trug ihn unter protestierendem Gegacker hinaus.

»Wie geht es denn jetzt weiter?«, fragte Noki schüchtern.

Paloma zeigte mit dem Kopf in Richtung des Tisches, auf dem nun kein Kaktus mehr stand. »Setzen wir uns. Ich habe einen Plan, den ich mit euch besprechen will.«

»Was ist das für ein Plan?«, wollte Jack wissen, der gerade wieder den Raum betreten hatte, kaum dass wir Platz genommen hatten.

Paloma blickte in die Runde, als überlegte sie, ob sie jedem am Tisch ihren Plan anvertrauen konnte. »So widerlich und verwerflich Chams Verrat auch ist«, begann sie schließlich, »nun könnte er helfen, Nadira zu retten, ohne dass wir Tom ausliefern müssen. Genauer gesagt täuschen wir die Übergabe von Tom nur vor, um meine Tochter dabei zu befreien.«

So sehr ich mir wünschte, meine Mutter zu retten, für mich hörte sich dieser Plan wenig ausgereift und gefährlich an, zumindest was meine Wenigkeit betraf.

»Und wenn er nicht funktioniert? Was wird dann aus Tom?«, meldete sich auch Noki gleich zu Wort, während Salami neben mir leise knurrte. Ihm schien dieser Plan offensichtlich ebenfalls nicht zu gefallen.

»Tom wird sicher nichts passieren«, versuchte Paloma Noki zu beruhigen, die schlagartig rot anlief.

»Wie soll denn dieser Plan überhaupt funktionieren?«, fragte Jack. »Ich meine, die Einzelheiten.«

Paloma holte tief Luft. »Wir müssen Cham dazu bringen, den Schleichern gegenüber zu behaupten, er würde Tom gegen den Willen der Regierung austauschen. Während dieses angeblichen Austausches lenkt Tom die Schleicher mit unserem Shuttle ab. Diese Verwirrung müssen wir nutzen, um mit beiden, also Nadira *und* Tom, von Bord zu kommen und zu fliehen.«

»Ablenken?«, fragte ich und im selben Augenblick fiel mir ein, was sie damit sagen wollte. »Du meinst mit meinen Gedanken – ich soll das Raumschiff von außerhalb steuern?«

Meine Großmutter sah mich ernst an. »Ich weiß, dass es nicht einfach wird, aber mir fällt keine andere Möglichkeit ein, euch beide zu retten.«

»Und wie soll ich das machen?«

»Das Shuttle ist mit einer kleinen Bordkanone ausgerüstet. Mit der musst du während der Befreiungsaktion einige Warnschüsse abgeben. Damit richtest du keinen Schaden an, aber es lenkt die Schleicher ab. Das hoffe ich zumindest«, fügte Paloma mit einem Seufzer hinzu.

Ich nickte nur. Dass es nicht einfach würde, war die Untertreibung des Jahrhunderts. Für mich hörte es sich wie ein Himmelfahrtskommando an – zumal ich noch nicht allzu oft etwas mit der Kraft meiner Gedanken bewegt hatte, und das dann auch eher zufällig ... Außerdem gab es da ja noch ein anderes Problem.

»Wie willst du Cham dazu bringen, dabei mitzumachen?«

Paloma hob die Schultern. »Ich biete ihm an, dass er bei den Schleichern bleiben darf.«

»Heiliger Mastbruch! Damit bin ich nicht einverstanden! Der Schuft muss vor Gericht gestellt werden!«

Meine Großmutter sah Jack beinahe mitleidig an. »Hast du einen besseren Plan?«

Der Maschinist brummte etwas Unverständliches und schüttelte dann den Kopf.

Paloma blickte zu Salami, Noki und mir. »Und was ist mit euch? Fällt euch vielleicht eine andere Möglichkeit ein, dich, Tom, und Nadira zu retten?«

»Leider nicht«, gab ich zu und auch Noki hob seufzend die Schultern, während Salami knurrte: »Meinetwegen, aber wenn diese Schleicher Tom etwas antun, dann bekommen sie meine Zähne zu spüren. Wuff!«

Paloma holte tief Luft. »Dann ist es also beschlossen.«

# Eine runzelige Tomate und ein zerplatztes Ei

Bevor Paloma sich auf den Weg zu Cham machte, um ihn von ihrem Plan zu »überzeugen«, wandte sie sich an Jack: »Richte die Scanner auf die Umgebung des Wurmlochs aus. Ich bin mir sicher, das Schiff, auf dem Nadira gefangen gehalten wird, ist dort irgendwo in der Nähe.«

Jack war noch mit der Ausführung von Palomas Befehl beschäftigt, als diese schon nach kurzer Zeit wieder auf der Brücke stand.

»Und, was hat er gesagt?«, wollte ich gleich wissen.

Meine Großmutter verzog ihren Mund zu einem schiefen Grinsen. »›Gack!‹ Das heißt, er ist einverstanden, wenn auch widerwillig.«

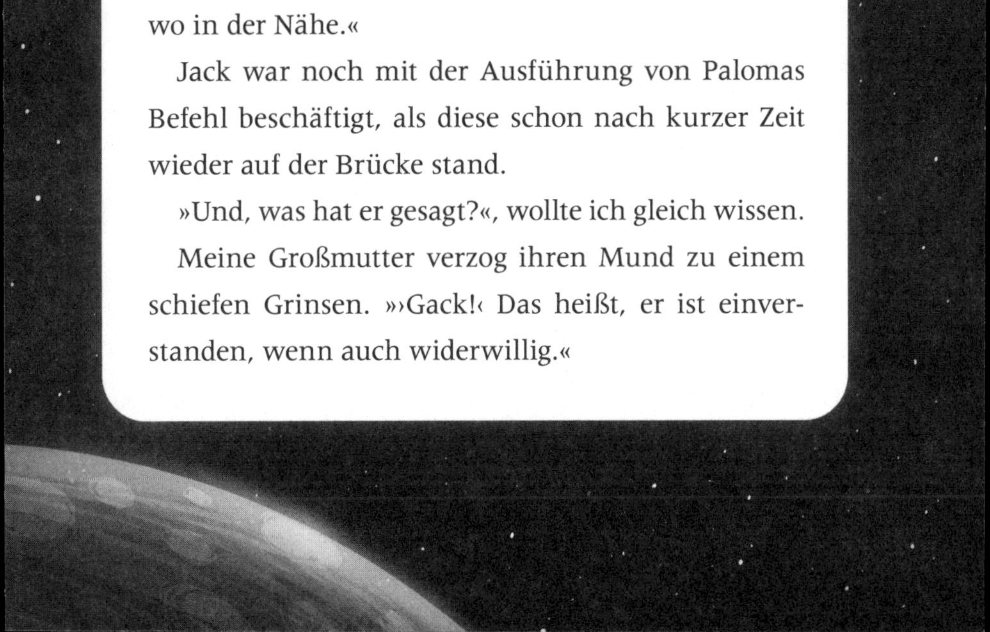

»Wird er sich denn auch an die Vereinbarung halten?«, wollte Noki schüchtern wissen.

»Ich glaube, ich hab das Schiff geortet!«, rief Jack dazwischen, bevor Paloma antworten konnte. »Es befindet sich ganz in der Nähe des Wurmlochs und es ist das einzige Schiff der Schleicher in Reichweite der Scanner. Bis jetzt jedenfalls«, fügte er mit einem hörbaren Seufzer hinzu.

»Entfernung? Kurs?«, fragte die Kommandantin knapp.

»Zwei Millionen Kliks, Nordost«, war die ebenso knappe Antwort.

Ich rechnete kurz nach und kam auf fünfhunderttausend Kilometer. »Nordost?«, fragte ich dann mehr mich selbst.

Noki hatte es allerdings gehört. »Im Weltraum kann man die Himmelsrichtungen nur nach der Lage des Schiffes angeben. Es gibt hier ja auch kein oben oder unten.«

»Also nach halb rechts«, stellte ich fest.

Noki nickte nur.

»Wir nähern uns bis auf fünfzigtausend Kliks«, entschied meine Großmutter. »Den verbleibenden Weg legen wir mit dem Shuttle zurück.«

Das waren immer noch mehr als zwölftausend Kilometer, was mir sehr weit vorkam. »Warum fliegen wir denn nicht näher heran?«

Meine Großmutter sah mich an, als hätte ich eine besonders blöde Frage gestellt. »Damit wir Zeit genug haben auszuweichen, bevor sie uns mit ihrem Traktorstrahl einfangen.«

Ich schluckte. Erst jetzt wurde mir bewusst, wie gefährlich Palomas Plan tatsächlich war.

»Dann ruht euch noch etwas aus, bis wir unsere Position erreicht haben«, befahl die Kommandantin.

»Aye, Captain. Der Kurs ist angelegt. Ich werde mir noch eine Stärkung von Kitty besorgen.«

»Gute Idee!«, raunte Salami mir zu. »Ich habe einen solchen Hunger, dass ich mich sogar auf das gesunde Zeug freue.«

Mir war der Appetit zwar gründlich vergangen, ich entschied mich aber dennoch, meinen Freund zu begleiten. So wurde ich zumindest abgelenkt und grübelte nicht darüber nach, was bei Palomas Plan alles schiefgehen konnte.

»Ich komme auch mit!«, rief Noki und strahlte mich an, was Salami ein leises Hundekichern entlockte.

Im Speiseraum stand Jack bereits vor Kitty. »Sei gegrüßt, Smutje. Für mich das Übliche bitte.«

»Seien Sie gegrüßt, Maschinist der Galaktika«, antwortete Kitty höflich. »Ihrer Bitte kann ich leider nicht entsprechen.«

Jack zuckte zusammen. »Wie bitte?«

»Ihr Gewichtskoeffizient überschreitet den zulässigen Höchstwert.«

»Was meint sie?«, flüsterte Salami.

»Jack ist zu dick«, raunte ich ihm zu.

Der Maschinist schnappte nach Luft. »Ich bin Kolossianer! Wir sehen alle so aus!«

»Das wurde in der Berechnung bereits berücksichtigt. Ich kann Ihnen ein energiereduziertes Blatt-Ensemble anbieten.«

»Blätter?!«, kreischte Jack auf. »Sapperlot! Sehe ich aus wie ein Knuff? Laufe ich auf sechs Beinen oder habe ich hängende Ohren?«

»Knuffs leben auf Kolosso«, informierte uns Noki. »Sie ernähren sich von chlorophyllhaltiger Nahrung.«

Salami sah sie an. »Häh?«

»Von Grünzeug«, übersetzte ich. »Hasenfutter.«

»Hasenfutter mag ich nicht«, brummte Salami. »Gibt es eigentlich auch Hasensalami?«

»Kannst Kitty ja mal fragen.«

»Nee, bestimmt nicht. Wuff!«

Jack stand mit in die Hüften gestemmten Fäusten vor der unbarmherzigen Einbauküche. »Smutje! Ich will jetzt auf der Stelle mein gewohntes Essen!«

»Abgelehnt. Ich kann Ihnen ein energiereduziertes Blatt-Ensemble ...«

»Das kannst du selber essen!«, schnauzte Jack, fuhr herum und stapfte mit hochrotem Kopf aus dem Speiseraum.

»Eine Nahrungsaufnahme meinerseits ist nicht erforderlich«, rief Kitty ihm nach. »Und was kann ich für Sie tun?«, wandte sie sich an uns.

»Wir nehmen wieder das leckere Algenmus«, antwortete ich schnell, bevor der *Smutje* uns auch für zu dick befand.

»Position erreicht, Captain«, verkündete Jack gerade, als wir nach dem Essen auf die Brücke kamen. Seiner Stimme und seinem Gesichtsausdruck nach zu urteilen, hatte er Kitty ihren Diätvorschlag noch nicht verziehen.

Paloma nickte ihm zu. »Danke, Jack. Dann lass uns einen Blick darauf werfen.«

»Aye!«

Der riesige Monitor über dem Kommandoplatz flackerte kurz auf und zeigte dann ein Bild, das mir im wahrsten Sinn des Wortes den Atem verschlug.

»Da ist es also«, stellte Paloma sachlich fest.

Ich fragte mich, wie meine Großmutter so ruhig bleiben konnte. Denn ich spürte mein Herz bis in den Hals klopfen und meine Hände wurden so feucht, dass ich sie mir an meiner Hose trocken reiben musste.

»Das ist das Wurmloch?«, brachte ich irgendwie heraus, ohne meinen Blick von dem großen Monitor abwenden zu können.

»Ja, das ist es«, antwortete Paloma. »Beeindruckend, nicht wahr?«

Das war es allerdings. Ein riesiger Lichtkranz, der in allen Regenbogenfarben schimmerte, umfasste eine kreisrunde Fläche, die noch schwärzer zu sein schien als der Himmel zwischen den Sternen.

»Wenn es unseren Welten nicht nur Unglück gebracht hätte, könnte man es fast bewundern«, ergänzte Jack mit ernster Miene und zusammengezogenen Augenbrauen.

Ich sah etwas genauer hin und entdeckte eine hell schimmernde Kugel ganz in der Nähe des Lichtkranzes.

»Ist diese Kugel das Raumschiff der Schleicher?«, wollte ich wissen und zeigte auf den Monitor.

Jack schüttelte den Kopf. »Das ist der Wurmlochgenerator, von dem wir gesprochen haben. Aus dieser Entfernung sieht man nur das Kraftfeld, das ihn umgibt. Ich weiß nicht, wie oft wir schon versucht haben, es zu durchdringen, um den Generator auszuschalten, aber es ist uns noch nie gelungen.«

»Und das Schiff?«, fragte ich weiter.

»Das ist der kleine Punkt südlich des Generators.«

Angestrengt suchte ich die Gegend unterhalb der Kugel ab, konnte aber nichts entdecken. »Ich sehe nur Sterne«, sagte ich schließlich und meinte es wörtlich.

»Es ist noch zu weit entfernt für deine ungeübten Augen«, entgegnete Paloma. »Wenn wir uns mit dem Shuttle nähern, wirst du es noch früh genug erkennen.«

Wieder spürte ich, wie meine Hände feucht wurden. Wenn es nicht um meine Mutter gehen würde, hätte ich Paloma in diesem Augenblick wahrscheinlich gebeten, ihren Plan zu vergessen.

»Zuerst Grusaa!«, riss mich eine krächzende Stimme aus meinen Gedanken.

»Was war das?«, rief ich, wobei ich panischer klang, als mir lieb war.

Paloma stöhnte auf. »Die Schleicher! Ich hatte gehofft, etwas länger unentdeckt zu bleiben.«

»Dieses blöde *Zuerst Grusaa* sagen sie andauernd«, raunte Noki mir zu.

»Was soll ich machen, Captain?«, wollte Jack wissen.

Paloma überlegte kurz, bevor sie befahl: »Hol sie mir auf den Monitor.«

»Aye!«

Wieder flackerte der große Bildschirm. Das, was kurz darauf erschien, konnte ich nur mit viel Fantasie als ein Gesicht erkennen. Es war kreisrund, knallrot und mit Runzeln und Falten übersät. Es sah aus wie eine faule Tomate mit Pickeln. In der Mitte ragte eine besonders dicke Runzel daraus hervor. Die sechs Augen drum herum waren ständig in Bewegung, jedes jedoch in eine andere Richtung.

»Ist das ein Schleicher?«, fragte ich Noki leise.

Die nickte nur.

»Wuff! Die sind ja noch hässlicher als Katzen«, brummte Salami neben mir.

In der Mitte der dicken Runzel öffnete sich in dem Augenblick ein schmaler Spalt und gleichzeitig krächzte es wieder: »Zuerst Grusaa!«

»Ja, ja, das kennen wir schon«, schnaubte Paloma. »Was willst du?«

»In verbotenen Raum eingedrungen ihr seid«, antwortete der Schleicher mit rollenden Augen.

Paloma straffte ihre Schultern. »Ihr habt uns gar nichts zu verbieten!«

»Verteidigen wir uns müssen«, erwiderte der Schleicher.

»Sapperlot!«, schimpfte Jack. »Die reden immer von verteidigen!«

Irgendwie kam mir die seltsame Sprache des Schleichers bekannt vor, mir fiel aber nicht ein warum.

»Bevor ihr wieder anfangt, uns zu belagern, hört euch lieber unseren Vorschlag an.«

»Deinen Vorschlag ich nicht hören will. Zuerst Grusaa!«

Paloma legte den Kopf schief. »Ach nein? Und wenn es um den Hoffnungsträger geht? Er ist nämlich hier an Bord!«

Ich hielt die Luft an, aber zum Glück verriet meine Großmutter nicht, dass es sich dabei um mich handelte.

Die Augen des Schleichers begannen nun noch hektischer zu kreisen. »Der Hoffnungsträger? An Bord er ist?«

In dem Augenblick fiel es mir ein. »Yoda!«, rief ich, ohne nachzudenken. »Der redet wie Meister Yoda in *Star Wars!*«

»Yoda? Ist das ein Schleicher?«, wollte Noki wissen.

»Nein! Das ist eine Figur aus ...« Ich beendete den Satz nicht, denn mir schoss ein geradezu unheimlicher Gedanke durch den Kopf: Sollten die Geschichten um Yoda und die Jedi-Ritter gar nicht erfunden, sondern tatsächlich passiert sein? Vor langer Zeit in einer weit entfernten Galaxie? Schließlich be-

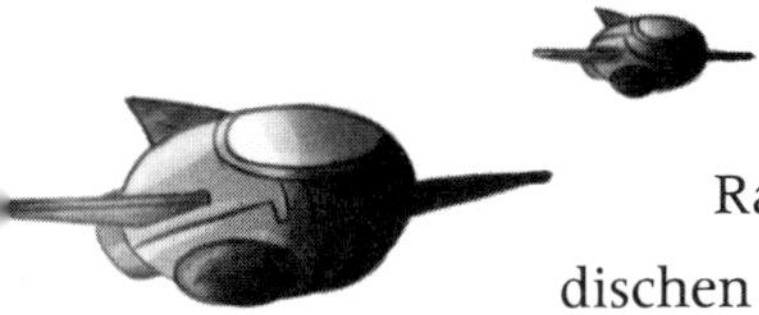

fand ich mich auch auf einem Raumschiff und war von Außerirdischen umgeben. Ich schüttelte den Kopf. Ich musste an etwas anderes denken, sonst wurde ich noch verrückt!

»Wir wollen ihn gegen eure Gefangene austauschen«, riss Paloma mich aus meinen Gedanken.

»Welche Gefangene du meinst?«, erwiderte der Schleicher.

»Stell dich nicht dumm!«, rief meine Großmutter.

»Die stellen sich nicht dumm, die sind einfach blöd, zum Klabautermann«, brummte Jack.

»Also? Was sagst du?«, fuhr Paloma fort, als der Schleicher nichts erwiderte. »Es ist eure einzige Chance, den Hoffnungsträger zu bekommen.«

»Nicht glauben wir dir können«, sagte der Schleicher schließlich. »Den Verwandler wir fragen wollen.«

»Er meint Cham!«, rutschte es mir heraus, was mir einen strengen Blick meiner Großmutter einbrachte.

Dann nickte sie Jack zu. Der wusste gleich, was sie von ihm wollte, und verschwand von der Brücke. Als er kurz darauf wieder zurückkam, trug er Cham auf dem Arm. Zu meiner Erleichterung war der immer noch in der Gestalt eines Huhns gefangen.

Jack stellte sich neben meine Großmutter. Die zeigte auf das Huhn. »Das ist Cham, der Gestaltwandler und Verräter!«

Bei dem letzten Wort legte Cham gackernd ein Ei. Es zer-

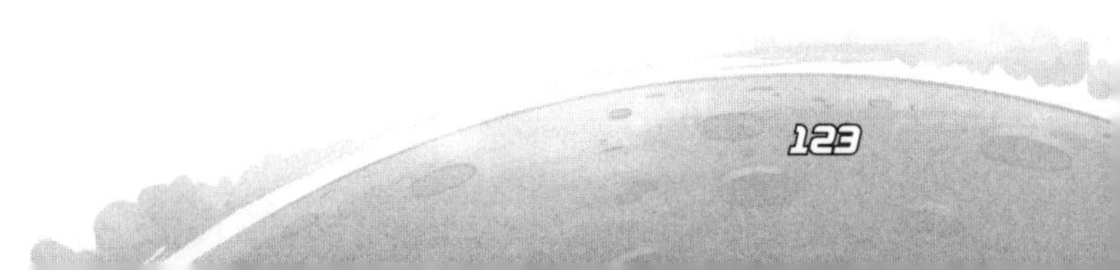

platzte auf Jacks Stiefel, was der mit angewidertem Gesicht zur Kenntnis nahm.

»Cham du bist?«, wollte der Schleicher wissen.

»Gack! – Ja!«

»In anderer Gestalt wir dich kennen.«

»Das ist eine lange Gack – eine lange Geschichte.«

»Und der Hoffnungsträger? An Bord er ist?«

»Ja! Da bin ich mir Gack – ganz sicher.«

Plötzlich hörten die Augen des Schleichers auf zu kreisen. Stattdessen fixierten alle das Huhn auf Jacks Arm.

»Er weiß nicht, was er tun soll«, flüsterte Noki mir zu. »Das erkennt man an den still stehenden Augen.«

Ich hielt die Luft an. Würde der Schleicher auf Palomas Vorschlag eingehen und uns an Bord lassen, damit wir versuchen konnten, meine Mutter zu befreien?

Nach einer gefühlten Ewigkeit begannen die Augen wieder zu kreisen, um kurz darauf mich zu fixieren. Ich konnte nicht verhindern, dass ich einen Schritt zurückwich.

»Der hässliche Junge. Der Hoffnungsträger er ist?«

»Hässlich bist ja wohl du!«, rief Noki. »Tom ist ein sehr hübscher und ...«

Der Blick meiner Großmutter ließ sie mitten im Satz verstummen. Dann wandte Paloma sich wieder dem Monitor zu und holte tief Luft. »Ja, das ist er«, antwortete sie dann leise.

Nun fixierten die Schleicheraugen für einen kurzen Augenblick meine Großmutter, bevor die krächzende Stimme sagte:

»An Bord ihr dürft. Unbewaffnet ihr sein müsst. Zuerst Grusaa!«

Damit verschwand das Bild der runzeligen Tomate und der Monitor wurde wieder schwarz.

»Sapperlot! Das hat geklappt!«, rief Jack, warf Cham vor Begeisterung in die Luft und fing ihn wieder auf, worauf der ein entrüstetes Gackern hören ließ.

»Freu dich nicht zu früh, Jack«, erwiderte meine Großmutter. »Ab jetzt wird es erst richtig schwierig.«

»Und gefährlich«, ergänzte Noki überflüssigerweise.

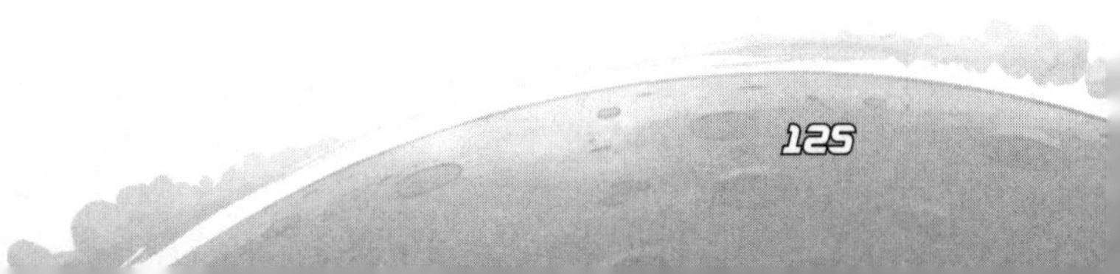

# Ein Raumschiff redet und Schleicher schleichen

Paloma wandte sich vom Monitor ab und sah uns einen nach dem anderen an.

»Und jetzt?«, fragte ich vorsichtig.

»Jetzt werden wir so vorgehen, wie wir es geplant haben. Wir fliegen mit einem Shuttle zum Schiff der Schleicher und befreien Nadira, während du sie mit der Bordkanone ablenkst.«

»Du willst doch nicht etwa allein mit Tom zu den Schleichern, Captain?«, fragte Jack dazwischen.

Meine Großmutter schüttelte den Kopf. »Cham kommt natürlich mit und ich möchte auch Noki dabeihaben. Ihr wurden sehr schnelle Reflexe einprogrammiert. Die könnten uns bei Nadiras Befreiung nützlich sein. Du und Salami, ihr haltet an Bord die Stellung.«

»Aye, Captain.«

Im Gegensatz zu Jack war Salami überhaupt nicht mit Palomas Entscheidung einverstanden. »Ich will auch mitkommen! Ich muss Tom beschützen!«

Bevor Paloma etwas erwidern konnte, beugte ich mich zu ihm hinunter und tätschelte seinen Hals. »Du musst auf Jack aufpassen. Er ist doch sonst ganz allein an Bord der Galaktika.«

Salami zögerte, doch dann bellte er: »Wuff! Na gut! Aber wehe, die Schleicher ...«

»Mir passiert schon nichts«, unterbrach ich ihn und hoffte, dass es einigermaßen überzeugend klang. Auch wenn ich zuvor selbst den Vorschlag gemacht hatte, mich auszutauschen, wäre es mir lieber gewesen, mir wäre eine andere Möglichkeit eingefallen, wie wir meine Mutter retten könnten.

»Dann los!«, befahl Paloma. »Wir müssen uns beeilen. Die Schleicher werden nicht ewig auf uns warten.«

Kurz darauf hatten wir das Shuttle bestiegen. Paloma saß auf dem Pilotensitz und steuerte das Raumfahrzeug, das ich schon auf meiner Reise von der Erde zum Mars kennengelernt hatte. Noki hatte sich neben ihr niedergelassen und hielt Cham auf ihrem Schoß. Sie hatte eine Hand um seinen Hals gelegt.

»Wenn du uns bei den Schleichern verraten willst, drücke

ich zu.« Die Art, wie sie es gesagt hatte, ließ keinen Zweifel daran, dass sie es ernst meinte. Also ließ Cham noch nicht einmal ein leises Gackern hören.

Wir waren kaum gestartet, da wandte Paloma sich zu mir um. »Versuche jetzt mit dem Steuerungssystem des Shuttles Kontakt aufzunehmen, Tom.«

Augenblicklich spürte ich mein Herz schneller schlagen. »Ich darf nicht jetzt schon nervös werden«, mahnte ich mich selbst, schloss die Augen und konzentrierte mich.

*Hallo, Shuttle. Hörst du mich?,* fragte ich in Gedanken und ärgerte mich gleichzeitig über die blöde Frage.

Doch zu meiner Überraschung erklang eine Stimme in meinem Kopf: »Hier Steuerungssystem Shuttle Delta. Kontakt aufgenommen.«

Fast hätte ich wieder aufgeschrien. Wahrscheinlich würde ich mich nie daran gewöhnen, dass ein Raumschiff mit mir redete. Zum Glück konnte ich mich gerade noch beherrschen. *Verbinde mich mit der Bordkanone,* dachte ich stattdessen.

»Verbindung zur Bordkanone hergestellt. Entsichern und feuern?«

»Nein!«, rief und dachte ich gleichzeitig, was dazu führte, dass Paloma und Noki sich besorgt zu mir umwandten.

Ich hob beschwichtigend die Hände. »Alles in Ordnung! Die Verbindung klappt!«

Meine Großmutter nickte zufrieden. »Gut gemacht. Dann hoffen wir mal, dass es auch funktioniert, wenn wir an Bord des Schiffs der Schleicher sind.«

»Ja, hoffentlich«, sagte ich leise und dachte: *Verbindung trennen.*

»Ich beende Kontaktaufnahme«, hörte ich die Stimme und spürte, wie sehr mich schon diese kurze Verbindung mit dem Steuerungssystem des Shuttles angestrengt hatte.

»Wir sind in Sichtweite«, erklärte Paloma nur wenige Sekunden später, strich über ihren Armreif und die Wand des Shuttles wurde durchsichtig. Wie bei meinem ersten Flug erschrak ich auch dieses Mal. Das lag jedoch vor allem daran, dass ich nun das Schiff der Schleicher deutlich erkennen konnte. Größer hätte der Unterschied zu den Raumschiffen der IU kaum sein können. Es hatte weder eine glatte Oberfläche noch eine windschnittige Form. Vielmehr sah es aus, als hätte jemand riesige rostige Eisenklötze zu einem unregelmäßigen Turm aufgestapelt. Einen Antrieb konnte ich nicht erkennen. Die Oberfläche dieser Klötze war mit ineinander verwobenen Rohren oder Leitungen überzogen, zwischen denen unzählige Lichter blinkten.

Paloma schien meine Gedanken zu erraten. »Sieht schon ein bisschen anders aus als unsere Schiffe, oder?«

Ich nickte. »Irgendwie unheimlich.«

In dem Augenblick verschob sich einer der Klötze und gab eine kleine Öffnung ins Innere frei.

»Ist das der Hangar?«, wollte ich wissen.

»Nein, die Schleicher besitzen keine Shuttles. Es ist eine Schleuse, an der wir andocken können.«

»Woher weiß du das? Warst du schon einmal bei den Schleichern?«

Meine Großmutter lachte auf. »Nein! Allerdings haben wir einige ihrer Schiffe erbeutet und sie genau untersucht. Daher weiß ich auch, dass wir dort festmachen und gefahrlos ins Innere gelangen können.«

Je näher wir der Öffnung kamen, desto mehr wurde mir bewusst, wie riesig dieser unheimliche Turm war. Dagegen musste sogar die Galaktika klein wirken und unser Shuttle geradezu winzig.

Tatsächlich schaffte Paloma es ohne Probleme, am Schiff der Schleicher anzudocken. Als sich die nun wieder undurchsichtige Wand so weit öffnete, dass wir hindurchgehen konnten, machte sich ein dicker Kloß in meinem Hals breit. In wenigen Augenblicken würde ich den Schleichern gegenübertreten – und ich würde meine Mutter treffen. Das hoffte ich zumindest.

Kaum hatten wir das Raumschiff betreten, standen uns zwei Oktopusse gegenüber. Wenn man von ihren rollenden Augen und dem Tomatenkopf absah, hatten sie tatsächlich Ähnlichkeit mit den Kraken, wie ich sie aus dem Zoo kannte. Allerdings schwammen sie nicht, sondern standen auf vier Tentakeln. Auch aus ihren Seiten wuchsen jeweils zwei Tentakel. An deren Ende befanden sich jedoch keine Saugnäpfe, sondern Krallen. Ihre Kleidung bestand aus einem schmutzig-grauen Umhang, der bis auf den Kopf und die Tentakel ihren Körper bedeckte. Das Material des Umhangs glänzte und erinnerte mich an Plastik.

*Tintenfische in einem Müllsack,* schoss es mir durch den Kopf. Abgesehen davon, dass der eine kleiner und dünner, der andere dagegen größer und dicker war, sahen sie sich zum Verwechseln ähnlich.

»Zuerst Grusaa!«, krächzte es aus den Öffnungen der beiden Tomatenköpfe inmitten der Ringe aus rollenden Augen.

»Bringt uns zu eurem Captain«, befahl Paloma ohne ein Wort der Begrüßung. »Und ich will sofort eure Gefangene sehen!«

»Einen solchen wir nicht haben«, erwiderte der größere der Schleicher.

»Zum Meister wir euch bringen«, ergänzte der Kleine. »Die hässliche Frau dort auch ist.«

»Hässlich?«, brummte Paloma leise. »Habt ihr schon mal in einen Spiegel geschaut?«

Der Kleine ging nicht darauf ein, sondern fragte mit Blick auf Cham: »Das gefiederte Wesen der Verwandler ist?«

»Wir nennen ihn nun den Verräter«, entgegnete Paloma. »Und jetzt bringt uns zu diesem Meister.«

»Folgen ihr uns müsst«, krächzte der große Schleicher,

wandte sich um und lief los, gefolgt von seinem kleineren Kumpel. Genauer gesagt schlurften sie mithilfe ihrer Beintentakel über den Boden. Nun wusste ich auch, warum sie Schleicher genannt wurden. Im Gegensatz zu uns verursachten sie beim Gehen nicht das geringste Geräusch. Da sie sich dabei leicht nach vorn beugten, sah es tatsächlich so aus, als wollten sie sich anschleichen. Mit einer Kopfbewegung bedeutete meine Großmutter Noki und mir, dass wir ihr folgen sollten.

Wir wurden in einen dunklen schmalen Gang geführt. Ich schaute mich um. Auch das Innere des Raumschiffs hatte nichts mit dem gemein, was ich von der Galaktika oder dem Shuttle kannte. Die Wände und sogar der Boden bestanden aus einem Material, das wie verrostetes Metall aussah. Selbst hier überzogen verschlungene Leitungen oder Rohre die Wände und sogar den Boden. Es sah aus, als hätten sich Schlangennester in rostiges Eisen verwandelt. Wir mussten sehr vorsichtig gehen, um nicht darüberzustolpern. Ich hatte das Gefühl, als befände ich mich im Inneren einer riesigen Maschine.

Der Gang endete schließlich vor einer Wand und die Schleicher blieben stehen.

Ich erschrak. Hatten die Schleicher uns in eine Falle gelockt?

Paloma schien einen ähnlichen Verdacht zu haben. »Was soll das? Hier geht es nicht weiter. Bringt uns sofort zu ...«

»Nicht nur hässlich du bist«, unterbrach der große Schleicher sie.

»Auch dumm«, ergänzte der Kleine. Damit steckte er eine seiner Krallen in eine winzige Öffnung, drehte sie und zog sie wieder heraus, worauf die Wand lautlos zur Seite glitt. Gleichzeitig bewegte sich der kleine Schleicher hinter uns, als fürchtete er, dass wir uns aus dem Staub machen könnten.

»Da hinein ihr müsst«, erklärte der große Schleicher und zeigte mit seinem Armtentakel in den Raum hinter der nun nicht mehr vorhandenen Wand. Soweit ich es erkennen konnte, war der Raum bis auf eine Art Matte in einer Ecke auf dem Boden völlig leer. Das roch geradezu nach einer Falle!

Offensichtlich war das auch Palomas Meinung. »Nur wenn ihr vorgeht! Oder haltet ihr uns für so dumm, dass wir ...«

Weiter kam sie nicht, denn in dem Augenblick stieß mich der kleine Schleicher so heftig in den Rücken, dass ich gegen Noki prallte und die wiederum gegen meine Großmutter. So stolperten wir gemeinsam an dem großen Schleicher vorbei. Dabei riss der große Schleicher Cham aus Nokis Griff, während wir in den kahlen Raum hineinpurzelten und unsanft der Länge nach auf dem Boden landeten. Gleichzeitig hörte ich eine Art Knistern hinter mir. Ich rappelte mich auf und fuhr herum. Dort standen immer noch die beiden Schleicher. Allerdings waren sie nicht mehr deutlich zu erkennen. Mir kam es vor, als würde ich sie durch eine Wand aus Wasser sehen.

»Was soll das?«, rief ich und lief auf sie zu. In dem Augenblick, als ich die Wand berührte, durchfuhr meinen Körper ein so heftiger Schlag, dass ich stöhnend auf die Knie sank.

»Ein Kraftfeld das ist! Gefangene ihr nun alle seid!«, ertönte der große Schleicher über Lautsprecher in unserer Zelle und gab ein blubberndes Geräusch von sich. Was wahrscheinlich ein hämisches Lachen sein sollte.

Cham stand zwischen den beiden grässlichen Typen und lachte ebenfalls gackernd. »Nun guckt ihr Gack – ganz schön dumm aus der Wäsche!« Dann wandte er sich an den großen Schleicher. »Nun bringt mich zum Meister. Ich muss mit ihm reden.«

Der Angesprochene befahl seinem Kumpel: »Hier du bleibst. Aufpassen auf die Gefangenen du musst.«

Ich hatte mich inzwischen von dem Schlag erholt und wollte mich gerade aufrappeln, da hörte ich eine Stimme über mir: »Tom? Bist du es tatsächlich?«

Noch immer auf meinen Knien sah ich auf. Da stand sie! Nein, sie ragte geradezu über mir auf, denn sie war noch ein Stück größer als Paloma. Auch ihre Haare standen nach allen Seiten von ihrem Kopf ab. Nur waren sie nicht weiß, wie die meiner Großmutter, sondern pechschwarz.

Ich musste schlucken und fragte dann leise: »Mama?«

Immer wenn ich davon geträumt hatte, eines Tages meine Mutter zu treffen, hatte ich mir vorgestellt, sie so anzureden. Und selbst hier, in diesem unheimlichen Raumschiff der grässlichen Schleicher, hörte es sich genauso schön an, wie ich es mir gewünscht hatte.

»Woher weißt du ...«

Sie nahm meinen Arm, zog mich hoch und umfasste mein Gesicht mit ihren Händen. »Mutter hat mir Bilder von ihren Reisen zur Erde mitgebracht. Es tut mir so leid, Tom. Du kannst dir nicht vorstellen, wie sehr ich darunter gelitten habe, dich zurücklassen zu müssen. Aber ...« Sie brach ab und ich sah, dass sie mit den Tränen kämpfte.

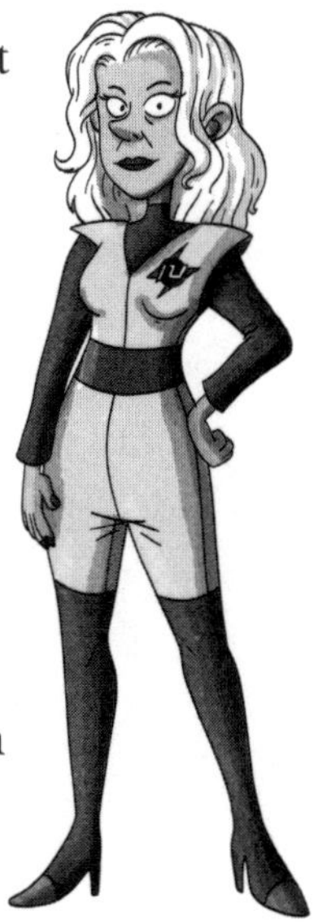

Mir ging es nicht besser, aber ich wollte nicht heulen, nicht vor meiner Mutter und meiner Großmutter. Vor allem aber wäre es mir vor Noki peinlich gewesen.

Und ausgerechnet sie rettete mich: »Das ist ja so rührend!«, juchzte sie. »Wie in dem Film *Liebe und Leidenschaft!* Da hat der schöne Graf ...«

»Noki! Halt die Klappe!«, zischte Paloma ihr zu, worauf die auch gleich verstummte.

Meine Mutter hielt mein Gesicht immer noch in ihren Händen. Nun kullerte tatsächlich eine Träne über ihre Wange.

Ich schluckte und sagte schnell: »Ich weiß, warum du es tun musstest. Oma hat mir alles erzählt.« Ich hatte keine Ahnung, warum ich Paloma in diesem Augenblick »Oma« genannt hatte. Es war mir einfach herausgerutscht.

Nadira zog die Augenbrauen hoch, sah dann zu ihrer Mutter und fragte: »Oma? Er nennt dich Oma?«

»Nein, das tut er nicht«, brummte Paloma. »Das habe ich ihm verboten. Und jetzt lasst uns lieber überlegen, wie wir es schaffen, aus diesem elenden Loch herauszukommen.«

Nadira wurde augenblicklich wieder ernst. »Darüber habe ich mir den Kopf zerbrochen, seit ich hier bin.«

»Und?«, fragte Paloma.

Meine Mutter schüttelte den Kopf. »Gegen das Kraftfeld haben wir keine Chance.«

»Vielleicht habe ich ja eine Idee«, schaltete Noki sich ohne Vorwarnung ein.

Gleichzeitig fuhren wir zu ihr herum.

»Was für eine Idee?«, schoss Paloma vor, sodass Noki einen Schritt zurückwich.

Mit einem Blick auf mich antwortete sie dann flüsternd: »Ich glaube, Tom kann uns hier herausbringen.«

# Künstliche Intelligenz und künstliche Blödheit

Ich glaubte nicht richtig zu hören. »Ich? Wie sollte ich das denn schaffen? Ich habe doch keine Ahnung, wie so ein Kraftfeld ...«

»Spürst du nichts?«, unterbrach Noki mich.

»Was soll ich denn spüren?«

Noki bedeutete uns, dass wir näher kommen sollten. Als wir dicht vor ihr standen, flüsterte sie: »Der Typ da draußen ist kein richtiger Schleicher.«

»Sondern?«, flüsterte Paloma ebenso leise.

»Er ist wie ich. Das habe ich genau gespürt. Er hat eine künstliche Intelligenz – soweit man bei Schleichern überhaupt von Intelligenz sprechen kann.«

Ich kapierte immer noch nicht, aber meine Großmutter hatte es gleich begriffen. »Du meinst, Tom könnte ihn dazu bringen, das Kraftfeld abzuschalten?«

Noki nickte. »Er ist bestimmt nicht schlauer als das Steuerungssystem unseres Shuttles.«

Der Kiefer meiner Mutter klappte herunter und sie sah mich mit offenem Mund an. »So weit bist du schon? Du kannst ein Shuttle mit deinen Gedanken steuern?«

»Er kann noch viel mehr«, antwortete meine Großmutter für mich in unterdrückter Lautstärke.

Hatte ich da Stolz in ihrer Stimme gehört?

Nadira strich mir über den Kopf, strahlte mich an und flüsterte: »Mein Tom!«

Das wiederum führte dazu, dass Noki hörbar seufzte.

»Ich kann es ja versuchen«, sagte ich schnell. »Aber ich weiß nicht, ob es klappt.«

»Das weiß man immer erst, wenn man es versucht hat«, entgegnete Nadira. Offensichtlich war sie ihrer Mutter sehr ähnlich.

Also konzentrierte ich mich und fragte in Gedanken: *Schleicher! Hörst du mich?* Mit geschlossenen Augen wartete ich auf eine Antwort, doch nichts geschah.

»Und?«, fragte Noki ungeduldig, worauf meine Großmutter zischte: »Sei still! Er muss sich konzentrieren.«

Das tat ich dann auch und stellte die Frage noch einmal, leider mit demselben Ergebnis. Irgendetwas machte ich falsch.

Aber was? Da plötzlich fiel es mir ein. Die Sprache! Ich musste ihn in dieser verqueren Yoda-Sprache anreden.

Also konzentrierte ich mich ein drittes Mal und fragte: *Schleicher! Du mich verstehst?*

Fast augenblicklich hörte ich eine krächzende Gedankenstimme: »Wer du bist in meinem Kopf?«

*Dein Meister ich bin,* antwortete ich aus einer Eingebung heraus.

»Meister«, krächzte es ehrfürchtig. »Was du mir befiehlst?«

Ich spürte, wie meine Kräfte nachließen. Viel Zeit hatte ich nicht mehr. Jetzt musste ich alles auf eine Karte setzen: *Das Kraftfeld du abschalten musst.*

»Warum ich das soll?«

Mist! Was konnte ich darauf antworten? Mein Schädel brummte. Wenn ich diesen Trottel nicht bald dazu gebracht hatte, das Kraftfeld abzuschalten, würde ich die Verbindung nicht mehr halten können.

Ich atmete noch einmal tief ein und dachte: *Gefangener fehlt. Nachzählen du musst.*

Genau in dem Augenblick, als ich den Schleicher nicht mehr in meinem Kopf spürte, verstummte auch das Knistern des Kraftfelds und unser Wärter schlurfte in unsere Zelle.

»Nichts wie raus!«, brüllte Paloma und riss mich am Arm durch die nun offen stehende Tür in den Gang. Aus den Augenwinkeln sah ich, dass Noki und meine Mutter uns folgten. Kaum hatte die den Gang erreicht, hieb sie mit der Faust auf ein grünlich schimmerndes Licht an der Wand. Gleichzeitig baute sich das Kraftfeld knisternd auf.

»So schaltet man es wohl ein«, keuchte sie außer Atem.

»Ihr mich hereingelegt habt!«, brüllte der Schleicher hinter dem Kraftfeld.

»Du merkst aber auch alles!«, brüllte ich zurück.

Noki grinste mich an. »Das ist keine künstliche Intelligenz, sondern künstliche Blödheit.«

»Jetzt aber schnell zurück zum Shuttle, bevor noch Alarm ausgelöst wird!«, rief Paloma dazwischen und rannte los. Ohne zu zögern folgten wir ihr.

Doch schon nach einigen Schritten hörten wir eine Stimme, die wir nur zu gut kannten: »Was hat den Alarm ausgelöst? Sind die Gack – die Gefangenen etwa geflohen?«

»Das wir nicht wissen. Nachsehen wir müssen«, antwortete eine andere Stimme.

Gleichzeitig blieben wir stehen. Zu blöd um einen Alarm auszulösen war unser Wächter dann wohl doch nicht gewesen.

»Ich glaube, sie sind schon in diesem Gang! Was machen wir denn jetzt?«, rief ich, wobei ich nicht verhindern konnte, dass sich meine Stimme überschlug.

Nadira sah sich hektisch um. »Es gibt keinen anderen Weg heraus als hier lang!«

»Dann müssen wir sie ablenken, so wie wir es von Anfang an geplant hatten«, erwiderte meine Großmutter völlig ruhig.

Wieder einmal wurde sie umso cooler, je größer die Gefahr war. Wenn wir hier heil herauskamen, sollte sie mir unbedingt beibringen, wie man das machte.

Gleichzeitig wurde mir bewusst, was sie damit meinte. Es durchfuhr mich heiß und kalt. Ich hatte jetzt schon schlimmere Kopfschmerzen als nach meiner unfreiwilligen Begegnung mit dem Shuttle auf der Erde.

»Soll ich jetzt etwa die Bordkanone abfeuern?«, fragte ich, obwohl ich die Antwort kannte. »Ich kann mich kaum noch auf den Beinen halten!«

Paloma sah mich ernst an. »Du musst es schaffen. Es ist unsere einzige Chance!«

Bevor ich mich dagegen wehren konnte, nahm Noki meine Hand und legte meinen Arm über ihre Schulter. »Du schaffst das«, raunte sie mir dabei zu. »Ich stütze dich!«

Also schloss ich die Augen und konzentrierte mich, während ich auf Noki gestützt den Gang entlangstolperte.

Tatsächlich schaffte ich es nach zwei Versuchen, das Steuerungssystem des Shuttles zu erreichen und mich mit der Bordkanone verbinden zu lassen. Dieses Mal antwortete ich auf die Frage, ob diese entsichert werden sollte: *Ja! Feuer!*

Fast im selben Augenblick hörten wir die Stimme eines Schleichers: »Geschieße ich spüre! Zum Meister wir müssen!«

»Nein! Das ist ein Gack – ein Ablenkungsmanöver!«

»Geschieße wir spüren. Zum Meister wir müssen!«, wiederholte die Stimme des Schleichers, nun allerdings weiter entfernt.

»Es klappt!«, hörte ich Palomas Stimme dicht neben mir. »Hör nicht auf, Tom! Bis wir am Shuttle sind!«

»Ich versuche es«, brachte ich irgendwie heraus. Mittlerweile musste Noki mich fast tragen.

»Na endlich! Da ist das Shuttle!«, keuchte meine Mutter nach einer gefühlten Ewigkeit.

»Halt! Keinen Gack – keinen Schritt weiter!«

Noki blieb ruckartig stehen.

Ich riss die Augen auf, was dazu führte, dass meine Verbindung zum Shuttle abbrach.

Mit ausgebreiteten Flügeln stand Cham vor uns und hackte nach Nadiras Beinen.

Paloma lachte auf und machte einen Schritt auf den Choassi zu. »Willst du uns etwa aufhalten? Du kannst immer noch entscheiden, ob du hierbleiben willst oder ob du mit uns kommst und dich vor einem Gericht verantwortest.«

Statt einer Antwort legte Cham erneut ein Ei. Doch nur einen Wimpernschlag später stand er als Schleicher vor uns. »Hierbleiben ich werde!«, krächzte er.

Noki ließ mich los, wodurch ich fast umgefallen wäre. »Vorsicht! Er kann sich wieder verwandeln!«

Ihre Warnung kam zu spät. Mit einem krächzenden Aufschrei stürzte Cham sich auf meine Mutter.

Was dann geschah, passierte so schnell, dass ich es mit meinen Augen kaum verfolgen konnte. Ehe Cham meine Mutter erreichte, tauchte Noki zwischen den beiden auf und hieb dem Schleicher ihre Faust auf die Knolle inmitten seiner Augen.

Cham schrie auf und sank mit einem Wimmern zu Boden.

»Schnelle Reflexe! Sag ich doch«, stellte meine Großmutter trocken fest und strich über ihren Armreif, wodurch sich die Schleuse zu unserem Shuttle öffnete.

So schnell wir konnten, stürmten wir hindurch. Noch während sich die Luke des Shuttles schloss, sahen wir drei Schleicher mit erhobenen Krallententakeln auf uns zustürmen. Im letzten Augenblick, bevor sie uns erreichen konnten, wurde die Schleuse verriegelt.

Mit beiden Händen umfasste Paloma den Galvalink und das Shuttle schoss in den Weltraum hinaus.

Mit einem leisen Stöhnen ließ ich mich auf den Sitz neben meine Mutter fallen und lehnte meinen Kopf an ihre Schulter. So erschöpft ich auch war und sosehr mein Schädel brummte, ich konnte mich nicht daran erinnern, mich jemals wohler gefühlt zu haben.

»Das hast du gut gemacht«, sagte Nadira leise und strich mir über den Kopf.

»Ja, er ist ein Held«, pflichtete Noki ihr bei. »Und er ist süß! Sehr süß!«

Meine Mutter hörte auf, über meine Haare zu streicheln, und sah mich fragend an.

Ich schüttelte müde den Kopf. »Ist ,ne lange Geschichte. Erzähle ich dir später.«

Fast noch schneller als auf unserem Hinweg erreichten wir die Galaktika. Wir wurden von einem Traktorstrahl in den Hangar gezogen, wo die zurückgebliebenen Crewmitglieder auf uns warteten.

Während Jack grummelnd meinte, dass er um Jahre gealtert wäre, sprang Salami um uns herum und wusste nicht, ob er reden oder bellen sollte.

Meine Mutter hatte bei seinem Anblick zunächst erschreckt die Augen aufgerissen. Als sie dann jedoch von mir erfuhr, dass Salami eigentlich der Grund für unser Wiedersehen war, beugte sie sich zu ihm hinunter, kraulte seine Ohren und bedankte sich bei ihm.

»Sapperlot! Leider habe ich keine guten Nachrichten!«, schaltete Jack sich plötzlich ein.

Paloma fuhr zu ihm herum. »Was meinst du?«

Jack ließ einen Seufzer hören. »Kommt mit auf die Brücke, dann werdet ihr es sehen.«

# Eine geschickte Schnauze und ein heimlicher Aufbruch

Als wir die Brücke erreichten, schaltete Jack den großen Monitor ein. Ein Blick darauf ließ mich meine Müdigkeit und meine Kopfschmerzen augenblicklich vergessen. Wohin ich auch blickte, waren vor Raumschiffen kaum noch die Sterne zwischen ihnen zu sehen. Sie alle glichen mehr oder weniger der Galaktika, viele von ihnen schienen aber erheblich größer zu sein.

»Ist das die IU-Flotte?«, fragte ich fast flüsternd.

Meine Großmutter nickte. »Es sieht so aus, als hätten sie alles hergeflogen, was die IU zu bieten hat. Heißt das, es wird hier und jetzt zur großen Schlacht kommen?«, wandte sie sich dann an Jack.

»Der Minister hat sich noch einmal gemeldet, als ihr bei den Schleichern wart. Er wollte euch sprechen.«

»Und?«

Jack kratzte sich an seinem Bart. »Ich habe ihm gesagt, dass ihr, äh, unpässlich seid. Da hat er mir gesagt, ich solle euch die Nachricht übermitteln, dass die Schlacht mit den Schleichern kurz bevorsteht.«

Paloma schluckte. »Wann genau?«

Der Maschinist hob die Schultern. »Die Scanner können die Flotte der Schleicher schon aufspüren. Sie bewegt sich auf den Ausgang des Wurmlochs zu. Vielleicht noch drei oder vier Stunden – höchstens. Der Minister sagt, die Schlacht sei unabwendbar.«

Meine Großmutter nickte nachdenklich. Dann befahl sie: »Tom muss von hier weg. Ihm darf auf keinen Fall etwas passieren.«

Benommen hatte ich den beiden bis dahin zugehört, doch mit einem Schlag war ich hellwach. »Aber diese Schlacht gibt es doch nur meinetwegen! Wenn ihr mich den Schleichern wieder übergebt, dann ...«

»Das kommt überhaupt nicht infrage!«, schaltete sich meine Mutter ein und zog mich an sich. »Du musst in Sicherheit gebracht werden!«

Ich befreite mich aus ihrem Griff. »Und was ist mir dir? Und mit – Oma?«

Dieses Mal protestierte Paloma nicht.

»Nadira und ich fliegen mit einem Shuttle zum Schiff des Ministers. Jack, Noki, Salami und du, ihr macht euch mit der Galaktika auf den Weg nach Windik. Ihr müsst verschwunden sein, bevor die Flotte der Schleicher den Ausgang des Wurmlochs erreicht.«

Ich öffnete den Mund, um noch einmal dagegen zu protestieren, doch da blitzte eine Idee in meinem Kopf auf. Ich wandte mich an Jack: »Kann man den Wurmlochgenerator außer Betrieb setzen?«

Der schüttelte heftig seinen großen Kopf. »Nein. Das Kraftfeld ist unüberwindbar.«

»Und wenn es das Kraftfeld nicht gäbe?«

Der Maschinist lachte auf. »Dann wäre es einfach. Man muss nur einige wenige Relais verbinden. Das würde eine Kettenreaktion auslösen und den Generator außer Betrieb setzen. Das wissen wir schon lange. Aber das Kraftfeld kann man nicht ...«

»Muss man ja vielleicht auch gar nicht«, unterbrach ich ihn. »Man könnte sich doch von außerhalb des Kraftfelds an diesen Dingern zu schaffen machen, oder nicht?«

Jack, Nadira und Paloma sahen mich an, als hätte ich nicht mehr alle Tassen im Schrank.

Nur Noki hatte es sofort kapiert. »Na klar, du kannst das schaffen! Mit deinen Fähigkeiten!«

Meine Mutter schnappte nach Luft. »Telekinese?«

Paloma schüttelte heftig den Kopf. »Kommt nicht in die Tüte! Das ist viel zu gefährlich! Mit der Galaktika können wir uns dem Kraftfeld nicht so weit annähern. Du müsstest mit einem Raumanzug von Bord, um nahe genug an das Kraftfeld und den Generator zu gelangen!«

»Und das dicht neben dem Ausgang des Wurmlochs«, ergänzte meine Mutter so atemlos, als hätte sie einen Dauerlauf hinter sich. »Mama hat recht! Das ist viel zu gefährlich! Stell dir vor, die Flotte der Schleicher erreicht den Ausgang des Wurmlochs, während du im Raumanzug vor dem Kraftfeld schwebst!«

»Das wäre nicht gut. Wuff!«, fiel mir nun auch noch Salami in den Rücken.

»Aber ich bin doch an allem schuld! Die Schleicher kommen nur meinetwegen!«, versuchte ich es noch einmal.

Es hatte keinen Sinn. Paloma befahl Jack, die Galaktika startklar zu machen. Noki, Salami und mich schickte sie in unsere Kabinen.

Wir waren schon fast dort angekommen, da sagte Noki plötzlich: »Vielleicht würde es ja doch klappen.«

Ich blieb stehen und sah sie an. »Wie meinst du das?«

»Mit einem Shuttle kommen wir viel dichter an das Kraftfeld heran als mit der Galaktika.«

»So dicht, dass ich die Relais von Bord aus verbinden könnte?«

Noki hob die Schultern. »Ich weiß nicht, ob es klappt, aber wir könnten es versuchen.«

Salami stellte seine Ohren auf. »Solange du nicht mit einem Anzug im All herumfliegen musst, finde ich den Plan akzeptabel.«

Das sah ich zwar auch so, nur war der Raumanzug nicht unser größtes Problem. »Trotzdem empfinden das Paloma und meine Mutter bestimmt auch als viel zu gefährlich.«

Noki kam einen Schritt auf mich zu und legte den Kopf schief. »Dann müssen wir es halt heimlich machen.«

»Heimlich«, sagte ich mehr zu mir selbst und nickte. »Mit dem Steuerungssystem des Shuttles kann ich mich verbinden, also kann ich es auch fliegen.«

Nun stemmte Noki ihre Fäuste in die Hüfte. »Kommt gar nicht infrage! Ich fliege das Shuttle! Du musst dich auf den Generator konzentrieren.«

»Aber …«

»Kein Aber! Außerdem weißt du doch gar nicht, welche Relais du wie verbinden musst.«

»Ich weiß noch nicht einmal, was ein Relais ist«, gab ich kleinlaut zu.

»Ich weiß aber, um welche Relais es geht. Das lernt jeder Raumpilot und mir hat man es einprogrammiert.«

Ich senkte meinen Blick zu meinem wuscheligen Freund. »Was meinst du?«

Nun legte Sam seinen Kopf schief. »Sie hat recht. Wuff!«

Noki hob ihre Stupsnase. »Mädchen haben immer recht! In meinen Liebesfilmen ist das auch so.«

»Darum sehe ich mir die ja auch nicht an«, brummte ich und seufzte dann. »Also gut. Du fliegst das Shuttle und ich kümmere mich um den Generator.«

»Und ich komme mit und passe auf euch auf!«, ergänzte Salami.

Da ich mich nicht auch noch mit ihm streiten wollte, war ich einverstanden.

Wir hatten schon den halben Weg zum Hangar hinter uns, da blieb Noki so abrupt stehen, dass ich fast auf sie aufgelaufen wäre.

»Was ist denn los?«

Sie ließ die Schultern hängen. »Es funktioniert doch nicht.«

»Wieso?«

»Sobald sie auf der Brücke merken, dass wir heimlich mit einem Shuttle gestartet sind, holt Jack uns mit einem Traktorstrahl zurück.«

Ich stöhnte auf. »Mist!«

»Ausgerechnet dieser blöde Traktorstrahl!«, fügte Noki noch hinzu und stemmte verärgert ihre Hände in die Hüften.

»Wie meinst du das?«

»Kannst du dich noch an unsere erste Begegnung erinnern?«, fragte sie zurück.

»Klar. Du bist auf diesem komischen Reinigungsgerät herumgefahren.«

»Genau. Das war eine Strafe, die Jack mir aufgebrummt hatte, weil ich aus Versehen ein Kabel abgerissen und dadurch einen Kurzschluss beim Traktorstrahl ausgelöst hatte.«

»Aber dann weißt du doch, wie man dieses Ding außer Betrieb setzt«, erwiderte ich. »Kannst du das nicht noch mal machen?«

»Sicher kann ich das. Aber wer soll dann das Shuttle fliegen?«

»Ist das schwer?«, meldete sich Salami, bevor ich antworten konnte.

»Das Shuttle zu fliegen?«

»Nee, das Traktor-Dings kaputt zu machen.«

Noki zuckte mit den Achseln. »Eigentlich nicht. Man muss nur ein bestimmtes Kabel abreißen.«

»Geht auch durchbeißen?«

»Klar!«

Nun wusste ich, was mein Freund vorhatte. »Du willst es machen?«

»Wuff! Du weißt doch: Ich mache gern Sachen kaputt. Auf der Erde habe ich das jeden Tag gemacht. Nur kann ich dann nicht mehr auf dich aufpassen.«

»Das ist kein Problem«, beruhigte Noki ihn. »Dann passe ich auf Tom auf. Ehrenwort!«

Salami nickte. »'is klar. Weil du ihn so süß findest wie ich die Pudeldamen.«

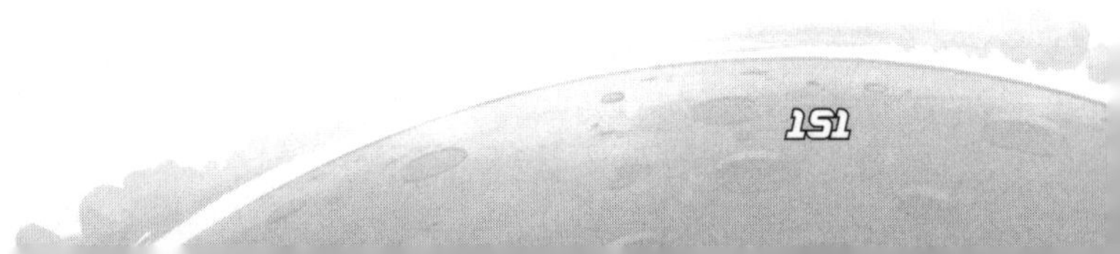

»Lass dir lieber erklären, welches Kabel du durchbeißen musst«, sagte ich schnell, bevor Noki auf Salamis Spruch reagieren konnte.

»Weißt du, wo der Maschinenraum ist?«, fragte Noki dann auch gleich.

»Ja, den habe ich mir schon mal angesehen. Ich dachte, ich hätte Salami gerochen, hatte mich aber geirrt – leider.«

Noki nickte. »Gleich neben dem Eingang befindet sich ein Schaltkasten. Den müsstest du eigentlich mit der Schnauze öffnen können.«

»Kein Problem«, bestätigte Salami. »Ich habe eine sehr geschickte Schnauze.«

»Gut. In dem Schaltkasten gibt es nicht so viele Kabel – zumindest keine sichtbaren«, fuhr Noki fort. »Das Kabel ganz unten links musst du durchbeißen. Es ist rot und weiß gestreift, also nicht zu übersehen.«

»Wuff!«, bestätigte Salami und machte sich mit großen Sprüngen auf den Weg zum Maschinenraum. »Und pass gut auf meinen Freund auf, Noki!«, rief er noch, bevor er um eine Ecke verschwand.

»Mach ich«, antwortete Noki leise und gleichzeitig rannten wir in Richtung Hangar.

Als wir ihn betraten, rief Noki mir zu: »Versuch schon eines zu starten, dann sparen wir Zeit.«

Hektisch blickte ich mich um und suchte mir schließlich

das aus, mit dem wir zu den Schleichern geflogen waren. *Steuerungssystem von Shuttle Delta! Nimm Kontakt zu mir auf.*

»Hier Shuttle Delta«, erklang es fast augenblicklich in meinem Kopf. »Soll ich das Triebwerk starten?«

Ich fragte mich, ob es Maschinen gab, die Gedanken nicht nur hören, sondern auch lesen konnten, antwortete dann aber einfach nur dankbar mit einem: *Ja!*

Wieder nur einen Augenblick später erzitterte das Shuttle, die Eingangsluke öffnete sich und die Treppe fuhr herunter. Mit wenigen Schritten hatten wir es erreicht und stiegen ein. Eine Seite des Shuttles war bereits durchsichtig, sodass wir freie Sicht hatten.

*Luke schließen,* dachte ich und es geschah einmal mehr wie von Zauberhand.

Noki setzte sich an die Steuerkonsole und umfasste den Galvalink. »Jetzt übernehme ich.«

»Und was ist mit der Schleuse? Die ist doch noch geschlossen!«, rief ich lauter und hektischer, als ich eigentlich wollte.

»Kein Problem. Die lässt sich vom Shuttle aus öffnen«, antwortete Noki umso ruhiger, was mich gleichzeitig beruhigte und ärgerte.

Kurz darauf fuhren die Tore der Schleuse tatsächlich auf und unser Shuttle schoss in den unendlichen Weltraum hinaus. An den Anblick der Milliarden Sterne würde ich mich wohl nie gewöhnen.

Noki schien dafür keinen Sinn zu haben. Sie starrte angestrengt auf die kleinen Monitore vor sich. »Wir müssen weg sein, bevor uns ein Schiff der Flotte bemerkt.«

Ich erschrak. »Die Flotte! Wo ist die überhaupt?«

»Hinter uns. Sie steht hinter der Galaktika, zumindest im Moment noch. Ich nehme jetzt Kurs auf den Wurmlochgenerator.«

In diesem Moment passierten zwei Dinge gleichzeitig: Vor uns erschien das gigantische Wurmloch und das Shuttle erzitterte so heftig, dass ich mich festhalten musste, um nicht von meinem Sitz zu rutschen.

»Was war das denn?«

Noki stampfte mit dem Fuß auf. »So ein Mist, der Traktorstrahl! Er hat uns erfasst und zieht uns zur Galaktika zurück!«

# Nicht erlaubt diese Aktion ist!

»Dann hat Salami es nicht geschafft?«, fragte ich überflüssigerweise.

»Sieht ganz so aus«, antwortete Noki trotzdem. »Ich versuche dagegenzusteuern, aber ich glaube nicht, dass es etwas nützt!«

Nun spürte ich auch, dass wir langsam, aber stetig zurückgezogen wurden.

»Gib Gas!«, schrie ich.

»Was meinst du, was ich die ganze Zeit mache?«, rief Noki verzweifelt zurück.

»Shuttle Delta! Sie haben ohne Genehmigung die Galaktika verlassen!«, ertönte eine Stimme, die ich nur zu gut kannte. »Schalten Sie unverzüglich das

Triebwerk ab und lassen Sie sich in den Hangar zurückziehen!«

Noki wollte antworten, doch ich hielt meinen Zeigefinger vor den Mund. Sie hob die Schultern und sah mich fragend an.

»Tom! Ich weiß, dass du es bist«, hörte ich kurz darauf wieder die Stimme meiner Großmutter. »Bist du allein oder sind Noki und Salami bei dir?«

»Ich bin allein!«, rief ich.

»Ich bin auch an Bord!«, rief Noki gleichzeitig.

»Ich habe sie gezwungen mitzukommen!«, fügte ich deshalb noch hinzu, worauf Noki mir einen Vogel zeigte.

Einen Augenblick wunderte ich mich darüber, dass sie dieses Zeichen kannte, doch dann befahl meine Großmutter mit einer Stimme, die strenger nicht hätte sein können: »Hier spricht der Kommandant der Galaktika. Besatzung von Shuttle Delta! Kehren Sie um! SOFORT!«

»Nein!«, brüllte ich beinahe. »Ich will nicht, dass es diese Schlacht gibt! Nicht meinetwegen!«

Bevor Paloma darauf reagieren konnte, durchlief wieder ein Zittern das Shuttle und der Lichtkranz des Wurmlochs kam in rasender Geschwindigkeit auf uns zu.

Noki sprang von ihrem Sitz auf. »Wir sind frei! Salami hat es doch noch rechtzeitig geschafft!« Sie hatte den Satz noch nicht ganz ausgesprochen, da wurde sie blass, ließ sich auf den Sitz zurückfallen und hantierte hektisch an dem Galvalink.

Es war offensichtlich, dass etwas nicht stimmte. »Was ist los?«

»Das Triebwerk!«, rief Noki verzweifelt. »Es läuft auf maximaler Leistung! Das hält es nicht lange aus. Und wir sind viel zu schnell!«

Durch die gläserne Wand sah ich das Wurmloch tatsächlich in rasender Geschwindigkeit auf uns zukommen. – Nein! *Wir* rasten auf das Wurmloch zu! Es war schon gar nicht mehr vollständig zu sehen. Dafür schien der Lichtkranz, der es umgab, immer heller und gleißender zu leuchten.

Plötzlich durchfuhr ein Ruck das kleine Raumschiff. Gleichzeitig verschwand der Ring des Lichtkranzes, um sofort wieder aufzutauchen – und wieder zu verschwinden.

»Was ist denn jetzt los?«, schrie ich in Nokis Richtung.

»Wir sind langsamer geworden, aber jetzt rotiert das Shuttle unkontrolliert und rast auf das Energiefeld des Generators zu! Du musst mir helfen! Allein schaffe ich das nicht!«

Obwohl mein Herz raste und mir kalter Schweiß ausbrach, schloss ich die Augen und versuchte mich zu konzentrieren.

*Steuereinheit Shuttle Delta. Hörst du mich?,* fragte ich in Gedanken.

»Ja«, kam die prompte Antwort, »aber ich bin beschäftigt.«

*Wir rasen auf das Kraftfeld des Wurmlochgenerators zu,* dachte ich verzweifelt. *Wir müssen das Shuttle stoppen!*

»Genau damit bin ich beschäftigt«, erklang die nüchterne Antwort in meinem Kopf.

»Warum stoppst du es dann nicht?«

»Der derzeitige Pilot ist das Problem. Er macht alles falsch. Ein Pilotenwechsel wäre von Vorteil.«

Ohne auf Nokis Protestschrei zu achten, schob ich sie beiseite und umklammerte den Galvalink.

*Und jetzt?*, dachte ich verzweifelt.

»Masseverzögerer auf dreißig Prozent. Kollision mit dem Kraftfeld in vierzig Sekunden.«

*Was?!*, schrie ich innerlich auf.

»Masseverzögerer auf dreißig Prozent. Kollision in fünfunddreißig Sekunden.«

Wie schon bei dem Fast-Absturz der Galaktika wusste ich glücklicherweise schlagartig, was zu tun war. *Masseverzögerer auf dreißig Prozent*, bestätigte ich.

»Seitliche Stabilisatoren aktivieren. Kollision in zwanzig Sekunden.«

Ich tat es, ohne nachzudenken.

»Gegenschub. Kollision in zehn Sekunden.«

Mit letzter Kraft leitete ich den Gegenschub ein.

»Triebwerk aus. Kollision in ... Shuttle stabil.«

Schweißgebadet, am ganzen Körper zitternd und immer noch den Galvalink krampfhaft umklammernd, sah ich hoch. Auf der anderen Seite der durchsichtigen Wand, unmittelbar vor dem Shuttle, schimmerte ein Kraftfeld. Es ähnelte dem, das ich schon auf dem Raumschiff der Schleicher zu spüren bekommen hatte. Dahinter erkannte ich eine Wand, die in einem weißen Licht so hell strahlte, dass ich die Augen zusammenkneifen musste.

Neben mir erklang ein leises Stöhnen. »Du hast es geschafft. Im letzten Augenblick.«

Ich fuhr herum. Noki saß neben dem Pilotensitz auf dem Boden und hielt sich mit beiden Händen ihren Kopf.

»Tut mir leid, dass ich dich so unsanft weggeschubst habe«, entgegnete ich mit schlechtem Gewissen.

Wieder stöhnte Noki leise. »Schon gut. Deine Gedanken in meinem Kopf waren schlimmer.«

Erst jetzt bemerkte ich, dass auch meine Kopfschmerzen sich zurückgemeldet hatten.

»Trotzdem müssen wir weitermachen«, fuhr Noki fort. »Wer weiß, wie nah die Flotte der Schleicher schon ist.«

Ich nickte. »Was soll ich tun?«

Noki sah auf. »Wir sind zu tief. Ich muss uns etwas höher bringen, damit wir möglichst nah an den Relais sind, die du verbinden musst.«

Als sie mir bedeutete, dass sie den Pilotensitz einnehmen wollte, zögerte ich und Noki lachte auf.

»Keine Angst. Dieses Mal bin ich vorsichtiger.«

Ich machte ihr Platz und kurz darauf schwebten wir knapp außerhalb des Kraftfeldes am Wurmlochgenerator hinauf.

Der glänzte immer noch so hell, dass ich nur für einen kurzen Moment in seine Richtung blicken konnte.

Noki schien es zu bemerken, denn sie berührte einen der Monitore, woraufhin sich die durchsichtige Shuttlewand halb verdunkelte. Nun konnte ich den Generator endlich genauer betrachten. Er hatte kaum etwas mit dem Raumschiff der Schleicher gemein. Seine Oberfläche war viel glatter und fast weiß. Ab und zu waren kleine Öffnungen zu sehen, die ins Innere führten. Sonst wies die Oberfläche fast keine Struktur auf. Wenn ich es nicht besser gewusst hätte, hätte ich geglaubt, die Ingenieure der IU hätten ihn gebaut.

»Wir sind da«, riss Noki mich aus meinen Gedanken.

Wieder spürte ich mein Herz bis in den Hals klopfen. »Okay und jetzt?«

Statt einer Antwort, starrte Noki stumm auf einen der Monitore.

»Was ist los?«

Sie sah mich an. »Ich habe ein Hologramm aus meinem Speicher in den Speicher des Shuttles geladen.«

»Aha«, entgegnete ich verdattert. Mir wurde wieder bewusst, dass Noki zumindest teilweise auch eine Maschine war.

Sie strich über einen der Monitore und mitten im Raum erschien ein dreidimensionales Bild.

Ich betrachtete es und blickte dann zum Generator. »Sieht aus wie der Teil des Generators, vor dem wir stehen.«

Noki nickte. Dann wischte sie mit der Hand durch das Hologramm. An einer Seite öffnete sich wie von Geisterhand ein Teil der dargestellten Wand des Generators.

»Siehst du diese Öffnung da?«, fragte sie dann.

Ich nickte.

»Die kannst du durch einen leichten Druck von außen öffnen. Dahinter sind die Relais. Diejenigen, die rot markiert sind, musst du verbinden.«

»Alles klar«, sagte ich knapp und versuchte mich zu konzentrieren. Dabei spürte ich, wie meine Kopfschmerzen heftiger wurden. Die Rettungsaktion hatte mich viel Kraft gekostet.

»Das machst du, indem …«

»Sag es mir später«, unterbrach ich sie. Ohne mein Zutun hatte sich etwas mit meinem Gehirn verbunden. Eine Stimme, viel lauter und fast so krächzend wie die Stimmen der Schleicher, warnte mich: »Unbefugt du bist. Aus dem System du gehen musst.«

Ich achtete nicht darauf, sondern konzentrierte mich weiter. Dabei musste ich feststellen, dass Dinge zu bewegen viel schwieriger und auch anstrengender war, als eine Verbindung mit irgendetwas herzustellen. Immer wieder entgleisten meine Gedanken oder wurden von dem Kraftfeld verzerrt. Zu allem Überfluss nervte die Stimme des Generators: »Nicht erlaubt diese Aktion ist. Nicht erlaubt. Nicht erlaubt.«

Mittlerweile hämmerte nicht nur ein Mann in meinem Kopf, sondern eine ganze Arbeitsgruppe.

Doch ich gab nicht auf und endlich hatte ich die Klappe geöffnet und sah die Relais vor meinem geistigen Auge. Dann war es plötzlich ganz einfach. Als hätte der Generator mit mir gesprochen, wusste ich plötzlich, wie die Relais geschaltet werden mussten. Es wirklich zu tun, kostete mich meine letzte Kraft. Dann war es endlich geschafft! Doch meine Freude darüber hielt nicht lange an.

»Falsche Aktion erkannt! Instabil! Instabil! Instabil!«, krächzte es in meinem Kopf.

»Tom!«, brüllte Noki neben mir so laut auf, dass ich augenblicklich den Kontakt mit dem Generator verlor und vor Schreck von meinem Sitz rutschte.

»Was ist denn los?«

»Das Kraftfeld wird instabil! Gleich fliegt uns hier alles um die Ohren! Wir müssen weg! Schnell!«

»Worauf wartest du dann noch?« Ich hatte den Satz noch nicht ganz ausgesprochen, da drehte sich das Shuttle.

Nun konnten wir wieder das Wurmloch sehen. Der Lichtkranz schien noch heller zu leuchten. Doch das war es nicht, was mein Herz buchstäblich für ein paar Schläge aussetzen ließ. Im Inneren des Wurmlochs, inmitten dieser unglaublichen Schwärze waren unförmige Türme zu erkennen: die Flotte der Schleicher!

»Hol alles raus!«, brüllte ich Noki zu. »Die Schleicher sind fast da!«

Sie konnte nicht mehr antworten, denn außerhalb des Shuttles wurde es plötzlich so hell, dass wir wahrscheinlich blind geworden wären, wenn Noki die Wand nicht abgedunkelt hätte. Gleichzeitig gab es einen Schlag gegen das Shuttle. Ich spürte noch, wie ich quer durch den Innenraum flog, dann wurde alles dunkel.

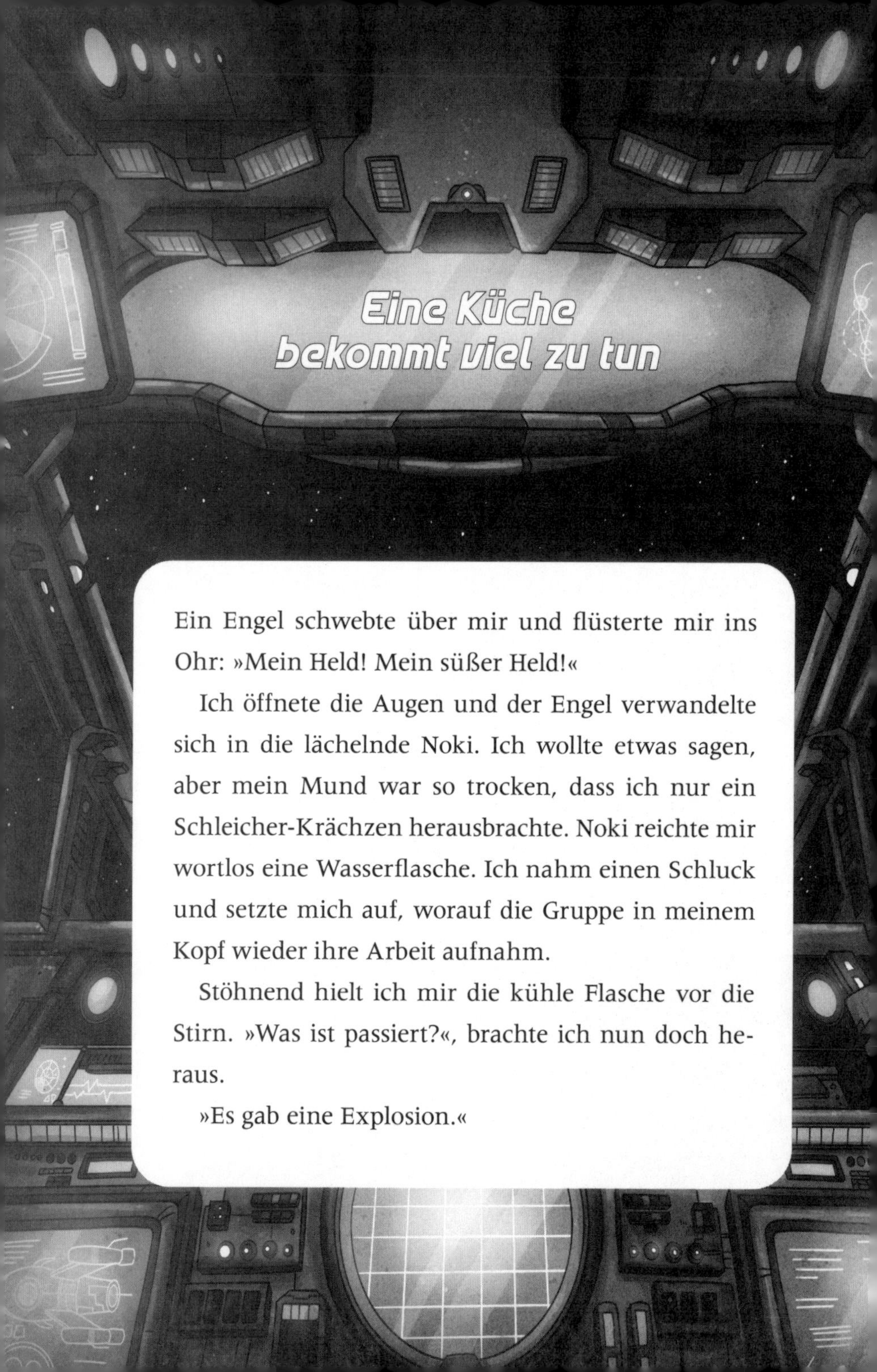

# Eine Küche bekommt viel zu tun

Ein Engel schwebte über mir und flüsterte mir ins Ohr: »Mein Held! Mein süßer Held!«

Ich öffnete die Augen und der Engel verwandelte sich in die lächelnde Noki. Ich wollte etwas sagen, aber mein Mund war so trocken, dass ich nur ein Schleicher-Krächzen herausbrachte. Noki reichte mir wortlos eine Wasserflasche. Ich nahm einen Schluck und setzte mich auf, worauf die Gruppe in meinem Kopf wieder ihre Arbeit aufnahm.

Stöhnend hielt ich mir die kühle Flasche vor die Stirn. »Was ist passiert?«, brachte ich nun doch heraus.

»Es gab eine Explosion.«

Schlagartig war ich hellwach. »Und was ist explodiert?«

Noki zuckte mit den Schultern. »Das konnte ich nicht mehr erkennen.« Damit zeigte sie auf die Wände des Shuttles, die nun wieder undurchsichtig waren.

»Und das Wurmloch? Der Generator? Die Flotte der Schleicher? Jetzt lass dir doch nicht jedes Wort aus der Nase ziehen!«

»Ich rede nicht mit der Nase, sondern mit dem Mund«, gab Noki verschnupft zurück. »Die Scanner haben die Explosion nicht überstanden, daher weiß ich nicht, was genau passiert ist.«

»Aber sonst ist das Shuttle in Ordnung?«, fragte ich besorgt und lauschte, ob ich ein Leck zischen hören konnte.

»Nicht wirklich, eigentlich ist es ist Schrott«, war die lapidare Antwort. »Der Antrieb ist nämlich hin.«

Ich riss entsetzt die Augen auf. »Dann treiben wir jetzt ohne Antrieb im Weltraum herum?«

Noki lächelte mich mitleidig an. »Keine Angst, mein Held. Die Galaktika hat uns bereits aufgesammelt und zieht uns gerade mit ihrem Traktorstrahl in den Hangar.«

»So schnell haben die den wieder repariert?«

»Das ist ja auch nicht besonders schwer. Man muss nur das Kabel ersetzen, das Salami durchgebissen hat.«

»Klar«, entgegnete ich nur und ärgerte mich, dass ich so blöd gefragt hatte. »Und meine Großmutter – ich meine, die Kommandantin? Hat die sich schon gemeldet?«

Mit einem Schlag verschwand das Lächeln aus Nokis Gesicht. »Allerdings. Sie hat gesagt, wir sollen sofort auf die Brücke kommen, wenn wir an Bord sind.« Dann korrigierte sie sich: »Nein, sie hat es nicht gesagt, sie hat es befohlen!«

In meinem Magen breitete sich ein mulmiges Gefühl aus. »Sonst nichts?«

Noki schüttelte den Kopf. »Dafür werden wir wohl umso mehr zu hören bekommen, wenn wir bei ihr auf der Brücke sind.«

Bis wir den Hangar der Galaktika erreicht hatten und auch auf dem Weg zur Brücke zermarterte ich mein Gehirn, was uns gleich erwarten würde. Ich malte es mir in den schlimmsten Farben aus.

Noki schien es nicht besser zu gehen. »Bestimmt werde ich abgeschaltet«, flüsterte sie mir mit zitternder Stimme zu, als wir vor der Tür standen, die auf die Brücke führte.

»Das glaub ich nicht«, versuchte ich sie ebenso leise zu trösten. »Aber Salami und ich werden sicher wieder auf die Erde zurückgeschickt.«

»Wenn das so wäre, dann will ich abgeschaltet werden«, hörte ich Noki noch sagen, bevor sich die Tür öffnete.

Dahinter erwarteten uns Paloma, meine Mutter und Jack mit Gesichtern, als hätte jemand sie aus Stein gemeißelt. Bevor ich nach Salami fragen konnte, kam der aus einer Ecke der Brücke auf uns zugetrottet. Seinem schleppenden Gang und seinen hängenden Ohren zufolge hatte er die schlechte Nachricht schon erhalten.

»Wuff! Die sind ganz schön sauer«, brummte er mir wie zur Bestätigung zu.

»Was ist mit dem Wurmloch?«, raunte ich zurück.

»Das haben sie nicht gesagt. Aber hat wohl nicht geklappt, sonst wären sie ja nicht so wütend.«

Bevor ich Paloma und die anderen danach fragen oder auch nur ein Wort zu meiner Verteidigung sagen konnte, rief Noki: »Wenn Tom auf die Erde zurückmuss, dann will ich abgeschaltet werden!«

War sie verrückt geworden? »Ihr dürft sie nicht abschalten! Es ist alles meine Schuld! Ich habe sie dazu gezwungen.«

»Das kannst du gar nicht! Dazu bist du viel zu ...«

»Jetzt reicht es!«, donnerte die Stimme meiner Großmutter so laut über die Brücke, dass Noki, Salami und ich gleichzeitig einen Schritt vor ihr zurückwichen.

Mit zusammengezogenen Augenbrauen kam sie auf uns zu, verschränkte die Arme hinter ihrem Rücken und beugte sich zu uns herunter.

»Tom! Salami! Kadett 798 SP Emo Alpha! Wisst ihr, welche Strafe in der IU-Flotte auf Befehlsverweigerung steht?«

Salami und ich schüttelten unsere Köpfe, während Noki kaum hörbar flüsterte: »Man wird eingesperrt.«

»Das ist richtig, Kadett 798 SP Emo Alpha. Man muss für eine sehr lange Zeit ins Gefängnis!«

Ich schluckte. Das war ja noch schlimmer, als ich befürchtet hatte!

»Mutter!«, rief Nadira dazwischen. »Findest du nicht ...«

Mit einer ungeduldigen Handbewegung brachte Paloma ihre Tochter zum Schweigen. »Ich finde«, sagte sie dann gefährlich leise, »sie müssen lernen, dass ich dieses Verhalten auf keinen Fall dulden kann.«

»Es war ein Notfall«, brachte ich mit zitternder Stimme heraus.

Zu meiner Überraschung glättete sich plötzlich das Gesicht meiner Großmutter und darauf erschien tatsächlich ein Lächeln.

»Ihr habt zwar meinen Befehl verweigert, aber dass ihr uns vor den Schleichern gerettet habt, werden wir euch nie vergessen!« Damit nahm sie erst mich und dann Noki in den Arm und drückte uns an sich. Schließlich beugte sie sich zu Salami hinunter und kraulte seine Ohren.

Wenn ich jemals in meinem Leben sprachlos war, dann in diesem Augenblick.

»Mast- und Schotbruch!«, brüllte Jack in die Stille hinein. »Sie leben hoch! Hoch! Hoch!« Dabei hüpfte er drei Mal in die Höhe, dass der Boden nur so wackelte. Das sah so komisch aus, dass wir gleichzeitig in lautes Lachen ausbrachen.

»Sapperlot! Kein Grund über mich zu lachen«, brummte Jack.

»Heißt das, wir haben den Generator ausgeschaltet?« Endlich hatte ich meine Stimme wiedergefunden.

»Er ist explodiert«, antwortete meine Mutter.

»Und das Wurmloch?«, fragte nun Noki.

Paloma hob die Hände und wedelte damit in der Luft herum. »Verschwunden! Und zwar bevor die Schleicher-Flotte den Ausgang erreicht hatte.«

»Und kurz nachdem das Schiff mit Cham an Bord hineingeflogen ist«, ergänzte Jack. »Tja, ich hätte ihn ja lieber vor Gericht gesehen ...«

Paloma wollte etwas erwidern, aber da flackerte der große Monitor auf und das Gesicht des Ministers erschien.

Meine Großmutter wurde sofort ernst. »Gorlan! Was kann ich für dich tun?«

»Sind sie mittlerweile zurück an Bord?«, fragte der Minister, ohne auf Palomas Frage einzugehen.

»Jawohl, das sind sie!«

»Sollen antreten!«

Mit einer Kopfbewegung bedeutete Paloma Noki, Salami und mir, dass wir uns vor dem Monitor aufstellen sollten. Wortlos gehorchten wir.

Der Minister betrachtete uns schweigend mit ernstem Gesicht. Mir kam es wie eine Ewigkeit vor, bis er endlich sagte: »Ihr habt euch der Befehlsverweigerung schuldig gemacht. Außerdem wurde durch euch Eigentum der IU schwer beschädigt!«

Ging das schon wieder los? Am liebsten hätte ich aufgestöhnt, traute mich aber nicht.

Doch wie bei meiner Großmutter zuvor, huschte auf einmal ein Lächeln über das Gesicht des Mannes, der bis gerade noch sehr ernst gewirkt hatte.

»Doch da ihr zeitgleich durch euer Verhalten die IU und viele Leben gerettet habt, werdet ihr nicht bestraft. Vielmehr hat die Regierung beschlossen, euch in die Ehrenlegion der Intergalaktischen Union aufzunehmen.«

»Das ist die höchste Auszeichnung, die es gibt!«, keuchte Noki neben mir.

Dann wandte der Minister sich mir zu. »Du, lieber Tom, hast dich tatsächlich als Hoffnungsträger erwiesen. Und das noch um ein Vielfaches besser, als wir angenommen haben, weil du um eine friedliche Lösung bemüht warst. Im Namen der Regierung möchte ich dir ganz persönlich danken und dich als Kadett in die Raumflotte aufnehmen. Du sollst, wenn es auch deinem Wunsch entspricht, als Raumpilot ausgebildet werden.«

»Danke!«, brachte ich irgendwie hervor und hörte gleichzeitig ein Räuspern neben mir. »Und was ist mit Noki?«

Der Minister verzog den Mund. »Wenn Paloma einverstanden ist, darf sie das Training ebenfalls wieder aufnehmen.«

Meine Großmutter seufzte. »Meinetwegen. Auch wenn es mich wahrscheinlich den Rest meiner Nerven kosten wird.«

Da Noki dicht neben mir stand, konnte ich nicht verhindern, dass sie mir in die Arme sprang und mir einen schmatzenden Kuss auf die Wange gab. Während ich spürte, wie meine Ohren heiß wurden, sah ich in die stolzen Gesichter meiner Mutter und meiner Großmutter. Sie sehen sich wirklich sehr ähnlich, stellte ich erneut fest.

Am nächsten Tag betrachteten Noki, Salami und ich die unzähligen Sterne auf dem großen Monitor der Brücke. Nur sie waren noch dort zu sehen. Die Flotte der IU war inzwischen zurück zu ihren Heimatplaneten geflogen.

Welche Abenteuer wohl da draußen noch auf mich warteten?

»In der Uniform siehst du noch süßer aus«, holte Noki mich aus meinen Tagträumen.

Ich stöhnte auf, während sich Salami ein Hundekichern nicht verkneifen konnte. Wenn ich ehrlich war, musste ich zugeben, dass ich mir in der Uniform selbst sehr gut gefiel. Auch Noki trug sie wieder. Fast noch mehr als darüber, als Raumpilot ausgebildet zu werden, freute ich mich, dass meine Mutter wieder als Navigator auf der

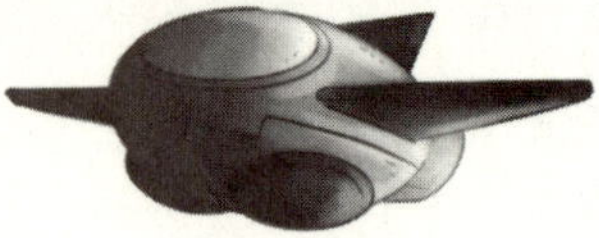

Galaktika mitfliegen würde. Denn wir wollten uns endlich alles, was wir bisher erlebt hatten, in allen Einzelheiten erzählen. Und uns einfach auch so richtig kennenlernen. Darauf freute ich mich!

Doch etwas trübte meine Freude ein wenig. »Tut mir leid, dass du nicht in die Raumflotte aufgenommen wurdest«, wandte ich mich an meinen vierbeinigen besten Freund.

»Das macht gar nichts!«, erwiderte der unbekümmert. »Ich habe eine viel bessere Belohnung bekommen.«

»Was denn?«, fragten Noki und ich gleichzeitig.

»Paloma hat mir versprochen, Kitty neu zu programmieren, damit ich von ihr so viel Salami bekomme, wie ich will. Wuff!«

»Das ist wirklich eine supertolle Belohnung!«, gab ich ihm recht und vermutete, dass Kitty in nächster Zeit viel zu tun bekommen würde.

Dann musste ich an die Erde, meine Schule, das Heim und Ecki denken. Mein netter Heimleiter vermutete mich nun in einer anderen Stadt bei meiner Oma, der ich im Garten und beim Kuchenbacken half. Bei dem Gedanken an Paloma in Gummistiefeln und Gartenschürze musste ich beinahe lachen. Andererseits bedauerte ich es, so bald nicht mehr auf die Erde zurückzukommen. Heimweh war allerdings nicht der Grund dafür. Vielmehr hätte ich gern die Gesichter meiner Mitschüler gesehen, wenn sie erfuhren, dass ich nun nicht mehr über Matheaufgaben schwitzen musste, sondern ein Raumschiff durchs All zu fliegen lernte – und dabei die tollsten Abenteuer erleben würde!

Friedrich, Joachim:
Galaktika – Auf nicht ALL-täglicher Mission

ISBN 978 3 522 50602 1

Illustrationen: Pascal Nöldner
Umschlagtypografie: zeroMedia GmbH, München
Innentypografie und Satz: Eva Mokhlis
Reproduktion: Digitalprint GmbH, Stuttgart
Druck und Bindung: GGP Media GmbH, Pößneck

FSC www.fsc.org MIX Papier aus verantwortungsvollen Quellen FSC® C014496

© 2019 Planet!
in der Thienemann-Esslinger Verlag GmbH, Stuttgart
Printed in Germany. Alle Rechte vorbehalten.

# So süß wie Zucker, so spannend wie ein Überraschungsei

*David O'Connell*

**Die wunderlichen Abenteuer des Archie McEllen 1: Das Karamell-Komplott**

256 Seiten · Gebunden
ISBN 978-3-522-50625-0

Archies Glücksunterhosen funktionieren! Er hat gerade ein Vermögen geerbt, ein altes Herrenhaus und … die berühmteste Süßwarenfabrik der Welt. Doch bevor er sein rechtmäßiges Erbe antreten kann, muss er eine abenteuerliche Schnitzeljagd durch Haus Honigstein meistern. Ob Zuckerspur, Schokodrache oder Süßigkeitenlabyrinth – mit Hilfe seiner neugewonnenen Freunde Feli, Willy und Limo kommt Archie seinem Erbe und einem gut gehüteten Familiengeheimnis auf die Spur. Doch er muss auf der Hut sein, denn er ist nicht der Einzige, der es auf das McEllen-Karamellen-Imperium abgesehen hat!

www.planet-verlag.de

PLANET!

# DIE BESATZUNG